— Survivre dans la nature est difficile pour un vétéran chevronné, répliqua Karl, grognant sur Lang. Et nous lâcherons simplement Worth dans la nature ? Ce n'est pas une connerie de programme d'aventures.

— Mais c'est ça, ou rentrer avec lui comme ça pendant tout le trajet. Pas vraiment optimal, mais cette tempête ne va pas nous attendre. Si nous étions plus près de la base ou si nous n'avions pas à faire face à cette tempête, nous pourrions peut-être nous débrouiller. Et que ce ne soit pas trop dur pour Worth, dit Lang avant de faire une pause. Nous ne le laissons pas derrière nous, Radin.

— N'est-ce pas ce que nous faisons ? lâcha-t-il.
Il pourrait réessayer le treuil. Au mieux, il pourrait approcher Dan assez près pour le tirer à l'intérieur. Au pire, il pourrait regarder cet engin exploser et son collègue tomber en chute libre pour heurter l'eau.

— Nous repartons, peu importe, décida Lang en les guidant vers la terre ferme.

STAGGERED COVE

Elle Brownlee

STAGGERED COVE

Elle Brownlee

Publié par
DREAMSPINNER PRESS

5032 Capital Circle SW, Suite 2, PMB# 279, Tallahassee, FL 32305-7886 USA
www.dreamspinnerpress.com

Staggered Cove
Copyright de l'édition française © 2022 Dreamspinner Press.
Titre original : Staggered Cove Station
© 2018 Elle Brownlee.
Première édition : mars 2018
Traduit de l'anglais par Marie A. Ambre.

Illustration de la couverture :
© 2018 Bree Archer.
http://www.breearcher.com
Les éléments de la couverture ne sont utilisés qu'à des fins d'illustration et toute personne qui y est représentée est un modèle

Édition e-book en français : 978-1-64108-453-6
Édition imprimée en français : 978-1-64108-454-3
Première édition française : juillet 2022
v 1.0

Édité aux États-Unis d'Amérique.

CHAPITRE UN

KARL grimpa la pente jusqu'au sommet de la falaise et prit une grande inspiration. C'était le genre de jour pour lequel il vivait. D'énormes nuages dérivaient au-dessus de la mer, et les rayons de soleil qui se reflétaient sur l'eau traversaient l'immense horizon et le ciel. La lumière dansait à la surface, sur les moutons et les vagues. Le vent portait des embruns frais et saumâtres, recouvrant son visage, leur arôme si familier, élémentaire, faisant partie de lui.

Il ferma les yeux et prit une troisième inspiration profonde en rythme avec le ressac sur les rochers en contrebas. Le son se répercutait en un faible murmure, qui lui revenait des montagnes enneigées dans son dos.

Le soleil et l'effort de la course l'avaient réchauffé bien plus que la température ambiante de quatre degrés, et celle-ci le rattrapait vite. Le vent fouettait ses vêtements et il frissonna.

— Hé, Radin.

Il lui fit signe *d'y aller* sans regarder.

— Allez, mec. Un hélico arrive.

Il se retourna pour jeter un coup d'œil à ce moment-là. Un petit hélicoptère s'approchait – juste un moustique, pensa-t-il – à peine audible par-dessus le ressac et le vent. Il volait bas, suivant la boucle de l'autoroute qui suivait le littoral. Il dit un au revoir silencieux à la mer et commença à descendre la colline jusqu'à cette route, et Marcum hocha la tête et lui emboîta le pas, marchant à côté de lui.

Six ans auparavant, Marcum s'était présenté pour un travail, ressemblant à un gamin maigrelet du Bronx, sûr qu'il ferait une période de service et rentrerait ensuite chez lui pour patrouiller dans le port. Ses yeux sombres, sa peau et ses cheveux n'avaient pas changé, mais tout le reste oui. Il avait gagné quelques centimètres, et son accent s'était adouci tandis que son appréciation des montagnes et de l'air frais s'était intensifiée. L'Alaska était à prendre ou à laisser, et Marcum n'avait pas l'intention de partir. Karl non plus.

1

— On fait la course.

— Je pensais que c'était ce que nous faisions déjà.

Karl leva un sourcil et tira peut-être un peu trop de satisfaction de la régularité de son souffle.

— C'est pour ça que je me suis arrêté. Pour te donner un peu de temps pour me rattraper.

— Oui, peu importe. Cette fois, je le pense vraiment.

Marcum fit un drôle de petit saut de puce, poussa Karl dans les hautes herbes, et fila.

— Merde, espèce de petit…

Karl grogna le reste et enfonça ses talons. L'herbe glissa sous ses pieds, et il bascula en avant. Ses mains effleurèrent les bords durs de la route, et il souleva du gravier en se lançant à sa poursuite.

Marcum resta devant lui pendant presque toute la course jusqu'à une saillie de terre entourée d'une crique dentelée à deux bras. La station apparut lorsque Karl prit le dernier virage. Elle était austère et utilitaire, avec un revêtement métallique et de petites fenêtres, mais il était heureux de s'y sentir chez lui. Les manches à air et les drapeaux se tendaient contre le vent, et le matériel cliquetait à un rythme rapide. Les bateaux de sauvetage se balançaient sur la jetée, et les hangars à matériel étaient fermés.

Il regarda l'hélicoptère atterrir, mais ne put distinguer qui en était sorti, si ce n'était qu'il donnait l'impression d'être grand, large, se baissant pour éviter les rotors. Des nuages sombres s'approchaient rapidement au loin. Le système dépressionnaire prévu pour la nuit semblait être très pressé d'arriver.

Quelqu'un arrivait avec le mauvais temps. Il essayait de ne pas y voir un présage, mais les superstitions que son grand-père avait ancrées en lui des années auparavant le poussaient à le faire.

Karl laissa Marcum atteindre l'asphalte, et il attendit. Il savait que son collègue jetterait un coup d'œil en arrière pour jubiler, et lorsqu'il le fit, Karl fit semblant de trébucher. Cela suffit pour casser le rythme de Marcum, et Karl s'élança dans un sprint. Il arriva le premier aux portes de l'entrée principale et réussit à commencer ses étirements avant que l'autre coureur ne le rejoigne.

— Pas mal, mon vieux, haleta Marcum, respirant plus lentement et faisant quelques grandes enjambées. Tu as eu besoin de ruse et de tromperie pour réussir, mais pas mal.

— Je ne suis pas vieux, répliqua Karl, en arquant un sourcil.

— Bien sûr, bien sûr. C'est juste parce que je suis si jeune en comparaison, eh bien, tu sais. Ne fais pas attention à moi.

— Donc, statu quo, alors.

Marcum haussa les épaules et étira ses bras une fois de plus pour le spectacle.

— Eh bien, je vais bien. On se retrouve à l'intérieur.

Karl fronça les sourcils et tourna le dos au sourire du jeune homme. Il prit son pied dans sa main, amena son talon sur ses fesses et le maintint pendant plusieurs secondes, jusqu'à ce que cela ne soit plus douloureux. Ses muscles étaient chauds et fatigués par le sprint. Il n'était pas vieux, mais il n'était définitivement plus jeune.

Un éclair, plus proche qu'il ne s'y attendait, fit dresser les poils de sa nuque. Le tonnerre fit trembler les portes de la station. Il tendit la main afin d'empêcher l'une d'entre elles de s'ouvrir, mais elle fut repoussée avec plus de force qu'avec le seul effet du vent, et Jameson apparut.

— Radin ? Curtis veut te voir, annonça ce dernier en ouvrant plus largement la porte et la maintenant.

Il ne paraissait jamais froissé – carrure fine, yeux bruns calmes sous des lunettes à monture métallique, juste en place, moustache toujours soignée – donc, il ne laissait rien paraître.

Karl se glissa à l'intérieur avec un signe de tête.

— Il se passe quelque chose ? demanda-t-il en passant le pouce par-dessus son épaule pour indiquer le temps qui s'annonçait.

— Je ne sais pas. Il m'a juste crié de venir te chercher plutôt que de le faire lui-même, expliqua Jameson en regardant par la porte le ciel qui s'assombrissait. Mais le cri n'était pas plus grincheux que d'habitude.

— C'est déjà ça. Merci, Jamesy.

L'homme leva deux doigts, puis il disparut dans le centre de commandement central.

— Hé, Bennett, dit Karl en levant sa main, paume ouverte. Un peu d'aide ?

Les yeux vert clair de Bennett pétillèrent, et son teint rougeâtre sous ses cheveux blond pâle rougit encore plus d'amusement tandis qu'il passait la main sous le bureau de service et jetait une serviette. Il en tendit une autre, un tout petit bout dans sa grande main carrée, mais Karl n'en avait pas besoin.

3

Il enleva son sweat-shirt et le déposa dans une jardinière vide à côté de la porte. Il essuya la sueur de son cou et de ses bras et frotta ses cheveux en longeant le bord du couloir de l'open space.

— Cap ? dit-il en se penchant dans le bureau d'angle de Curtis et frappant. Vous vouliez me voir ?

— Prenez un siège, répondit son supérieur en jetant un coup d'œil sur lui avant d'indiquer le fauteuil de jardin en plastique poussé contre le mur. Ce front arrive plus vite que prévu.

Curtis était tellement le garde-côte du manuel qu'il pourrait figurer dans les flyers de recrutement. Il était grand et costaud, avec des yeux perçants gris acier dans un visage beau et franc, et une large poitrine qui semblait plus large avec son allure guindée.

— Oh, juste un peu, répondit Karl en accrochant le fauteuil avec un pied et en le rapprochant du bureau de Curtis. Ça vous amuse encore ?

Il se retourna pour regarder les moniteurs radar sur le mur. Une grosse tempête, mais rien d'inhabituel.

— Non. Tout est clair, répondit Curtis.

Il pivota, fouilla dans le tiroir du bas d'un classeur et jeta un sac de mini-bonbons sur son bureau.

Karl en prit trois, caramel et toffee, puis se rassit dans le fauteuil.

Il mâcha, un sourire étirant ses lèvres, mais il ne le laissa pas paraître. Curtis n'aimait pas le chocolat, mais il savait que Karl l'aimait. C'était un rituel informel entre eux, jamais reconnu au-delà de l'échange.

— Et vous, ça va ?

— Très bien, monsieur.

Curtis lui adressa un regard pointilleux, et Karl poursuivit.

— Je vais bien. Selon Marcum, je suis vieux, mais sinon ça va.

Le regard de son supérieur s'aiguisa.

— Vraiment. Cinq sur cinq. Tout. La course était bonne, assura Karl en attrapant un autre chocolat. La tête était bien. Tout va bien.

— Marcum ne se rase même pas encore. Eh bien, je compte là-dessus, mais j'aime l'entendre.

Curtis sembla distant pendant un instant, regardant les bandes colorées de la tempête sur le radar, puis il tendit un épais dossier.

Karl écarquilla les yeux, mais il le prit sans commentaire. Des yeux noisette, clairs et directs – comme la mer sous une latitude chaude, verts et bruns étincelants avec du bleu sur les bords – le regardaient à partir de la photo d'identité agrafée au dossier. Daniel Farnsworth. Rien de familier dans ce nom. L'humour dansait dans les profondeurs presque opalescentes, et le sourire détendu de l'homme ressemblait presque à un rictus malicieux. Premier de sa classe, nageur d'élite, à peine plus grand que Karl de deux centimètres, mais beaucoup plus lourd, clairement musclé là où lui-même était nerveux.

Il flasha sur la silhouette descendant de l'hélicoptère. Ah-ha.

— Bien. Qu'en pensez-vous ?

— Plus précisément ?

Karl parcourut plusieurs autres pages et jeta le dossier à Curtis. Il ne dirait pas ce qui le frappait le plus – à quel point Farnsworth était séduisant.

— C'est notre nouvelle recrue.

— Je croyais qu'il n'arrivait pas avant quelques jours ?

Curtis plaça le dossier au coin de son calendrier de bureau.

— Il a fait du stop avec une compagnie de courrier et d'approvisionnement pour venir ici. Il n'avait aucune raison de ne pas le faire, et il nous a évité le voyage. Alors ?

— Le gamin n'a pas d'expérience en eau froide, n'est-ce pas ?

Une observation sûre et précise – bien mieux que de bégayer sur le picotement momentané de conscience et d'intérêt qu'il avait enfoui dans un endroit sombre marqué : Oui, n'y pense même pas.

— Vous n'avez jamais effectué de sauvetage dans un ouragan, mais je n'hésiterais pas à accepter un transfert en Floride.

— Merde, est-ce une réprimande officielle ?

Karl regarda au-delà de l'épaule de Curtis, à travers la fenêtre et sa vue recadrée des montagnes et de la route côtière. Il frissonna à l'idée de la Floride marécageuse, mais sourit malicieusement.

— Une menace officieuse ?

— Une perspective, répliqua Curtis en passant en revue les coins des papiers dans le dossier avant de le fermer. Il est solide et a d'excellentes références. Farnsworth sera impatient de faire ses preuves, ce qui veut dire…

— Ce qui veut dire qu'il fera des cascades risquées et que je serai chargé de le ramener à la raison.

— Ce qui veut dire, répéta Curtis en fronçant les sourcils, que nous devons travailler ensemble pour faciliter sa transition ici et lui faire savoir qu'il fait partie de l'équipe.

— C'est la même chose, répliqua Karl en croisant les bras. Essentiellement. C'est juste que vous restez au sec et avec une prime de risque bien moindre.

— Si vous voulez le dire comme ça.

Le capitaine tapota le dossier avec les mêmes gestes précis que pour tout le reste.

— Mais n'insistez pas. Il est bon, et cette station reculée a de la chance de trouver quelqu'un qui sort de l'académie avec des performances comme les siennes.

— Alors, qu'est-ce qu'il a fait pour être envoyé ici plutôt que dans un endroit sexy comme Miami ou Honolulu ?

Karl ne faisait pas le malin. Il voulait savoir.

— Je ne veux pas paraître cynique, mais s'il a vraiment fait le tour de la question, son premier choix n'était sûrement pas l'Alaska.

— Il l'était, selon son dossier. Il veut un défi et apprendre des compétences qu'il ne pourrait pas acquérir dans des lieux similaires à ceux où il a grandi, a été formé ou a travaillé lors de son premier poste. C'est admirable. Vous n'êtes pas d'accord ?

Curtis ne cilla ni ne détourna son regard jusqu'à ce que Karl hoche la tête à contrecœur.

— Premier de sa classe, désireux d'apprendre – et vous allez le rendre encore meilleur.

Il grogna sans s'engager. Il ne voulait pas montrer à quel point cette confiance le rendait heureux, mais il ne voulait pas non plus exercer autant de responsabilités. Il effectuerait son travail et le ferait de manière exceptionnelle, mais il n'était pas là pour encadrer des têtes brûlées.

— Calmez-vous, Radin. Vous ne l'avez même pas encore rencontré.

Curtis laissait une grande marge de manœuvre à Karl, non seulement parce qu'il avait fait ses preuves, mais aussi parce qu'il s'était donné à fond dans son travail et qu'il avait mérité quelques passe-droits. Mais certains passe-droits n'étaient pas une porte ouverte à l'insubordination.

— Oui, monsieur, dit-il en mangeant son dernier chocolat avant de jeter les emballages froissés à la poubelle. Pensez-vous qu'il survivra à la première vague de froid et au premier grain ?

Aucune personne affectée en Alaska ne restait indifférente. Les gardes arrivaient pour servir et ne voulaient jamais repartir par la suite, ou bien l'immensité et l'amertume souvent insensible d'un endroit aussi sauvage et extrême les faisaient fuir.

— Je pense qu'il s'en sortira bien. On ne devient pas nageur-sauveteur en mode « abandon », à tout le moins. Je pense qu'il pourrait vous surprendre, répondit son chef avec un haussement d'épaules. De toute façon, nous sommes sur le point de le découvrir. Alors, filez et commencez à vous y mettre. J'ai quelques monceaux de bureaucratie à éplucher.

— Priez pour que la boisson m'emmène dans les profondeurs lors de mon dernier jour, plutôt qu'être coincé à un bureau, à cocher des cases et à remplir des formulaires de service jusqu'à ce que cela arrive.

— Juste pour cela, vous serez maudit et appelé à Cape May pour former des bleus, répliqua Curtis avec un sourire narquois. Vous le mériteriez.

— Euh, May est dans le Jersey, n'est-ce pas ? dit Karl en retroussant ses lèvres en signe de dégoût. Il y a du bruit, des journées chaudes et du smog à Jersey. *Des gens* vivent à Jersey.

— Considérez-vous comme prévenu, dit Curtis en ouvrant un énorme classeur et en cliquant sur son ordinateur. Oh, et Radin ? Ne faites pas de détour pour un café. Rendez-vous directement dans vos quartiers.

Il déposa le sac de chocolats dans le tiroir et le referma.

Ainsi congédié, Karl salua et se retira.

Scobey – petite, des cheveux fauves tirés en un chignon serré, les tatouages sur ses bras et sa poitrine presque cachés – se tenait à la porte du mess et souriait par-dessus son café à Bennett, qui était toujours en poste.

— Qu'est-ce que tu en dis, Bennett ? Nous suivons et nous assistons au spectacle ?

Karl récupéra son sweat-shirt et lui lança un regard noir. Le sourire de Scobey ne fit que s'élargir.

— Non. Pas question, répliqua Bennett en levant les mains. Je suis en service, et le devoir est sacré, donc pas question de partir d'ici.

— Mauviette, s'écria Scobey en faisant la moue, buvant ensuite une gorgée à même le bord de la tasse.

Lang, grand et mince, avec ses cheveux poivre et sel et sa mâchoire carrée, ses yeux bleus et son look semblable à la perfection militaire, apparut derrière elle. Scobey était si petite – juste au-dessus de la taille réglementaire, que les deux pilotes étaient facilement visibles dans l'entrée du mess.

— Qui est une mauviette ? demanda-t-il.

— Bennett. Il ne veut pas m'accompagner dans les quartiers de Radin.

— Je pense que tu veux dire sage, dit Lang en poussant sa collègue et en la contournant avant de tendre un café à Karl. Plus de sucre que tu ne le souhaites, mais tu en auras besoin. Bonne chance. Bon courage. N'oublie pas que ce n'est pas nous qui procédons aux attributions.

Karl accepta le café et grimaça après sa première gorgée. Super sucré. Il afficha une expression de dégoût et le rendit. Lang le reprit avec un haussement d'épaules et en but la moitié. Scobey tenta de suivre Karl, et Lang passa un bras sur ses épaules pour la maintenir en place. Elle fit la moue, mais ne discuta pas.

Karl eut un pressentiment, et il secoua la tête. Ils le regardèrent tous attentivement traverser le hall pour rejoindre le couloir adjacent et la passerelle qui reliait leurs quartiers à la station.

La silhouette de l'hélicoptère – Farnsworth – était dans sa chambre, fixant le tableau d'affichage au-dessus de son bureau, les mains sur les hanches, la tête inclinée, pensif.

Dan Farnsworth était grand, il avait un profil parfait, des épaules larges aux hanches étroites, et le glissement doux d'abdominaux plats qui descendaient jusqu'à elles, des cheveux couleur soie de maïs impitoyablement tondus, et une bouche pleine et boudeuse qui semblait prête à sourire et à montrer ses fossettes profondes.

Karl s'arrêta dans l'embrasure de sa propre porte partiellement ouverte et se racla la gorge.

Farnsworth ne sursauta pas vraiment, mais il se retourna pour regarder, ses yeux noisette brillant, embrumés par ses pensées. Karl balaya instinctivement la pièce du regard. Son lit était encore soigneusement fait, les coins parfaits et parfaitement tendus, son bureau et sa commode intacts, la penderie fermée. Rien n'était déplacé, mais il avait le sentiment infaillible que cela devait être le cas.

— Bonjour. Je suis Dan – Daniel Farnsworth. Et tu es le mécanicien de vol Radin, n'est-ce pas ?

Dan était direct, mais son sourire semblait tendu, et les fossettes que Karl voulait voir n'apparaissaient pas complètement.

— Je suis le nouveau matelot, donc, hé, nous travaillerons beaucoup ensemble.

— Premier Maître Radin. C'est exact.

Il n'y avait pas de raison de mentionner le grade, mais il le fit entre ses dents sans le vouloir.

Il prit la main de Dan et essaya de ne pas remarquer qu'elle était plus grande que la sienne, ni la sensation de chaleur dans son ventre, ni la chaleur qui se dégageait du jeune homme. Il baissa les yeux sur son nez, puis il lâcha la main, ramenant la sienne en un poing contre sa hanche, et s'avança dans sa chambre.

Des idées lui vinrent à l'esprit – interdites, dégoûtantes, indésirables – et il grogna. Le couvercle de sa cachette « Oui, n'y pense même pas » claqua. Durement.

— Alors, puis-je t'aider ? demanda-t-il en rangeant inutilement son bureau déjà bien rangé.

— Non, sauf si tu veux t'occuper de mon tiroir à chaussettes.

Le sourire de Dan s'estompa, et il frotta son pouce sur son index tandis que Karl le regardait avec confusion.

La familiarité chatouillait les bords de la conscience de Karl, mais il ne pouvait pas la situer.

Ce geste – le pouce de Dan faisant le tour de son doigt. Quelque chose le titillait. Karl s'en débarrassa.

— Euh, je suis affecté à cette chambre.

— Cette chambre ? La mienne ? s'exclama Karl, sursautant intérieurement.

Dan fouilla dans une pile de papiers sur la couchette vide. Il en plia un à une certaine ligne de texte et le lui tendit.

— À moins que je n'aie mal lu ?

Karl le scanna. Son numéro de chambre, d'accord.

— Non. Tu es au bon endroit.

Il avait l'espace et le logement pour un colocataire – une couchette supplémentaire et le bureau qui allait avec, ainsi que plusieurs compartiments vides – mais on ne lui en avait pas attribué un depuis longtemps. Il avait eu de la chance grâce à diverses combinaisons : c'était une petite station et il était assez âgé pour obtenir un passe-droit lorsque quelqu'un devait prendre un colocataire.

Le jeune homme ne pouvait pas rester là, dormir là, vivre si près de lui.

Dan le regardait d'un air tendu, attendant que Karl en dise plus. Quelque chose chez lui le bouleversait au-delà de cette stupidité. Il n'arrivait pas à le cerner, mais une anxiété refoulée ou même de la colère se cachait dans le regard de Dan. C'était probablement juste de la nervosité, l'incertitude de commencer dans un nouvel endroit et le désir de plaire.

L'envie de plaire répéta son cerveau, et il faillit frapper son bureau.

Bon sang. Karl pinça l'arête de son nez, puis il tourna les talons afin d'attraper un mélange désordonné d'objets, et dépassa Dan, se dirigeant vers le couloir. Il n'aimait pas les complications, alors cet homme ne devait pas en devenir une. Point final.

— J'étais sur le point de prendre une douche. Fais comme chez toi.

Il aperçut Scobey qui rôdait au bout du couloir et grogna dans sa direction. Un éclair déforma le couloir et l'image rémanente de Dan brouilla sa vision.

Il quitta l'homme dans un coup de tonnerre, littéralement, et prit une douche brûlante, le corps engourdi et les pensées débridées.

DAN ferma la porte que Karl avait laissée ouverte et appuya son front contre elle. Il laissa échapper une longue et lente inspiration et écouta le martèlement de son pouls enragé.

Radin, son nouveau colocataire, la personne qu'il voulait le plus connaître et la dernière qu'il souhaitait rencontrer. Se tenir dans cette chambre – celle de Radin – lui donnait l'impression de pénétrer en territoire ennemi.

Fouiller dans les affaires de cet homme sans le connaître avait été une mauvaise idée, mais l'impatience l'avait emporté sur le bon sens. Au moins, il n'avait été surpris qu'en train de regarder le tableau d'affichage. Un article y était épinglé, et cela l'avait brûlé, tout comme le choc continu et l'aversion qu'il avait ressentis lorsque Radin l'avait touché.

Beaucoup d'aversion. Il s'attendait à ce que l'homme ne l'apprécie pas, mais pas à ce que cela l'affecte autant.

Dan fléchit ses doigts et s'éloigna de la porte.

C'était une terrible décision de fouiner, mais il décida de profiter de l'absence de Radin pour finir le travail.

Trois posters d'Ansel Adams dominaient le mur du côté de Radin, des paysages austères en noir et blanc de montagnes, de glace et de rivières. Dan les aimait bien, et il appréciait la décision de l'homme de garder la chambre relativement spartiate, mais cela signifiait seulement qu'ils appréciaient tous les deux le confort et les grands espaces. Les fenêtres hautes et étroites n'avaient pas de rideaux, mais la couleur gris foncé des murs était plutôt bien.

La pluie s'abattait sur le revêtement métallique et brouillait la vue, et le tonnerre était assez puissant pour faire trembler le bâtiment. Dan alluma le plafonnier alors que la chambre continuait à s'assombrir. Quel début pour une affaire déjà sinistre.

Il fouilla dans la commode, puis dans le bureau et trouva les chaussettes, les vêtements thermiques et les uniformes à peine repassés. Puis il s'accroupit près du coffre. Un nuage de cèdre s'élevait de la rangée de sachets collés sur le couvercle et des grosses boules en bois sculpté placées dans les coins inférieurs. Dan tapota les objets qui s'y trouvaient – des couvertures en laine, un manteau de pêche, un sac à dos vide – et savoura le picotement de l'odeur vive. Mais il n'y avait rien d'utile, alors il referma le coffre et regarda sous le lit. Deux boîtes en plastique transparent et des chaussures. Les boîtes contenaient des carnets et des papiers datés et classés pour divers incidents, mais aucun du jour que Dan voulait voir.

Il grogna et se remit debout avec précaution, afin de ne pas déranger le lit parfaitement fait.

Des guides de terrain et un glossaire des drapeaux de signalisation garnissaient la bibliothèque du bureau. Il passa sa main sur les reliures usées et soupira. Pas même un mystère ou de la science-fiction. Les tiroirs du bureau étaient plus intéressants. Des barres chocolatées de grande taille remplissaient le tiroir du bas, mais Dan résista à en prendre une. Les dossiers en cours étaient suspendus dans le tiroir du haut, et le tiroir du milieu était un surprenant fouillis de crayons, de stylos, d'emballages de bonbons, d'une liseuse électronique et de son cordon emmêlé, et d'un livre noir ordinaire de la taille d'une paume.

Dan s'assit, retira l'élastique qui entourait le livre et feuilleta les pages. Radin notait de brèves notes sur chaque jour et sur les conditions météorologiques quotidiennes, et il incluait de minuscules illustrations, comme un soleil se cachant derrière les nuages ou un éclair et des gouttes de pluie. Il y avait une autre série de symboles qu'il n'arrivait pas à distinguer. Elle variait selon les jours, mais se répétait au fil des semaines.

Il lut plusieurs pages sans réfléchir, puis s'arrêta net. C'était ridicule d'avoir l'impression d'être indiscret, étant donné que l'indiscrétion était l'objectif, mais il ferma quand même le livre, remit l'élastique, et le reposa dans le tiroir.

Radin louait peut-être un espace de stockage ou quelque chose comme ça, mais Dan ne trouva pas de clés ou de reçus. De toute façon, il n'aurait pas le temps de courir pour le trouver aujourd'hui.

Il soupira et ferma le tiroir en se levant. Le titre de l'article attira de nouveau son attention et résonna dans son cerveau comme un klaxon, comme une malédiction murmurée.

Un Nageur-Sauveteur Perdu en Mer, Présumé Mort.

Dan couvrit le titre avec sa main, ferma les yeux et se promit à nouveau de découvrir pourquoi.

CHAPITRE DEUX

KARL se réveilla avec le son réconfortant et régulier de l'océan. La tempête avait disparu, et l'autre couchette était vide. Il se frotta les yeux et se redressa. Puis il balança ses pieds sur le sol et s'appuya sur ses genoux avant de s'enrouler sur lui-même. Le ciel était à peine clair, quelques minutes après cinq heures, et ses pensées étaient ralenties jusqu'à être d'une lenteur involontaire.

Il détestait les matins.

Il plissa les yeux vers le couloir, se frappa la tête et s'habilla dans la pénombre de sa chambre. S'il n'y avait pas eu l'assemblage d'affaires soigneusement déballées, il aurait été convaincu, que Farnsworth – Dan, pensa-t-il, involontairement, il préférait Dan – était le fruit de son imagination.

Ils ne s'étaient pas beaucoup vus depuis sa retraite précipitée sous la douche. Karl était retourné dans une chambre tranquille. Puis il s'était habillé et s'était occupé de finir ses tâches de la journée et avait terminé la soirée en dînant avec Scobey et Lang. Il n'y avait aucun signe de Dan, qui était apparemment en train de faire le grand tour de la station. Karl était allé se coucher et s'était endormi avant le retour de Dan, et d'une façon inhabituelle, il n'avait plus rien entendu après cela.

Son regard glissa sur le gros titre épinglé au tableau d'affichage, et il fronça les sourcils. Il s'agissait d'un rappel pour lui, et il se demandait pourquoi Dan l'avait regardé si intensément la veille.

La station bourdonnait d'activité, et il évita le contact visuel ou les salutations en se glissant dans le couloir vers le mess. Il pouvait faire du café dans sa chambre, mais à quoi bon. Quelqu'un aurait lancé une cafetière, et il n'était pas difficile.

La tasse remplie, il prit une banane, se dirigea vers la table du fond et commença lentement à se connecter en avalant les deux.

Le tableau de service de la semaine avait été mis à jour sur l'énorme tableau blanc sur le mur opposé.

Il n'était pas de service avant plusieurs heures, tout comme Farnsworth. Jameson avait jugé bon de les jumeler pour la semaine. Une bonne décision, même s'il rechignait à l'admettre. Ils devaient apprendre à se connaître pour travailler ensemble.

Ça ne voulait pas dire qu'ils devaient être amis.

Karl lava soigneusement sa tasse de café et évita soigneusement de penser à Dan.

— Alors, tu as déjà effrayé le débutant, hein ?

Il empila sa tasse sur l'égouttoir et se tourna afin de s'appuyer contre le plan de travail.

— Quoi ?

Jenkins sourit, un sourire totalement surnois et à pleines dents, parce qu'il avait juste l'air d'un petit malin avec sa chevelure implantée en V et ses yeux enfoncés. Et il en était un.

— Worth.

— Worth ?

— Oui, Farnsworth. Tu le vois ? Je ne le vois pas.

— D'accord, et ?

Karl jeta un coup d'œil à la tasse, dont l'eau s'égouttait encore sur le support. Il la retourna dans sa paume et se resservit.

— Eh bien, il est parti il y a une heure. Nous nous en doutions tous, tu sais.

Karl but la moitié de son café, puis il répondit dans un souffle exaspéré.

— Non, je ne sais pas.

Il regarda Jenkins d'un air renfrogné et fit un geste de la main.

— Où est-il parti ?

— Il s'est enfui en ville… et je ne parle pas que de ça.

Heber passa le seuil de la porte afin de se rendre à la kitchenette et préparer du thé à la menthe dans son éternelle tasse de voyage. Il avait toujours eu l'air d'avoir douze ans pour Karl : grand, nourri au maïs, blond aux yeux bleus, une apparence épouvantable qui masquait sa détermination et son expertise inébranlables pour garder en vie tous ceux dont il s'occupait.

— Bon sang, Jenks, tu es un tel crétin. Tu sais que Radin n'a pas encore deux neurones connectés, s'exclama Heber avec un signe de tête à Karl. Worth s'est levé il y a une heure et a demandé la meilleure route pour se rendre en ville. Je lui ai dit, et ensuite, il est sorti et est parti courir. Je lui

14

ai dit que j'aurais fini mon service à temps pour le conduire s'il le voulait, mais il m'a fait un signe et a continué.

— Ah, je ne peux pas m'attribuer le mérite de ça, répliqua Karl, ses doigts tressaillant, démangés par l'idée d'arracher ses clés et de partir après le jeune homme. Merci.

— Je fais juste attention à ta santé, répliqua Heber en regardant sa montre. Mais dans trois heures, je ne serai plus médecin en chef, alors ne compte pas sur moi pour vous aider.

Karl renifla et vida son café.

— Que penses-tu de notre nouveau nageur vedette ? demanda Jenkins qui ne plaisantait plus.

— Probablement meilleur que toi, mais ça ne veut pas dire grand-chose. On verra bien.

Karl lava à nouveau sa tasse et partagea un sourire avec Heber.

— On se voit plus tard, les gars.

Heber leva son thé et Jenkins marmonna quelque chose qui ne ressemblait pas à un au revoir. Sans examiner pourquoi, Karl décida de suivre Dan.

La ville était à plusieurs kilomètres de la station. Ce n'était pas une distance impossible à parcourir, mais c'était plus qu'il n'en ferait. Ils pourraient tout aussi bien commencer à se connaître. Se rencontrer en ville serait une bonne façon de briser la glace. Un rameau d'olivier ? Peu importe.

En quelques instants, il avait ses clés, une serviette, deux sweats à capuche et son nom écrit en pattes de mouche sur le tableau de sortie. Un vent glacial tenta de le repousser à l'intérieur, alors il s'arrêta dans le petit vestibule, enfila un des sweats et sortit avec détermination.

Karl gardait sa vieille Jeep garée à l'extrémité du terrain sur une pente, ce qui facilitait le démarrage. Il pompa l'essence, embraya et lança le moteur. Il répéta le processus, et il démarra, bruyamment au début. Puis il cala, relâcha l'embrayage et démarra.

Il lui fallut plus de temps que prévu pour rattraper Dan, et il transpira pendant de longs moments en pensant qu'il était sorti de la route ou tombé dans l'eau ou quelque chose comme ça.

Mais non. Il prit un virage en forme d'hameçon et repéra Dan. Son tee-shirt orange vif se détachait de la brume et du gris de l'océan.

Il ralentit et se pencha pour baisser la vitre.

— Vas-tu dans ma direction ?

Dan se trouvait au bord le plus éloigné de la route étroite, et Karl le fit sursauter.

— Désolé, allez, monte.

Dan le dévisagea, puis la reconnaissance prit le dessus sur la surprise.

— Non, ça va, merci.

— Ce serait mieux si tu me laissais te déposer, dit Karl en roulant à son rythme. Tu as déjà fait plusieurs kilomètres, et il va pleuvoir. La dernière dépression qui a apporté la tempête d'hier va passer par ici, oh…

Il regarda Dan avant de conclure.

— Dans environ vingt minutes.

— Je suis sérieux. Je vais bien.

— Pluie froide. Exposé à l'impitoyable Pacifique Nord – mers déchaînées, vent, pluie.

Karl arrêta la Jeep d'un coup sec et jeta la serviette par la fenêtre. Il visa juste, et elle s'enroula autour de la tête de Dan.

— Allez, viens.

Dan semblait soupirer. Karl ne pouvait pas en être sûr avec l'effet de sourdine de la serviette, mais les épaules du jeune homme s'affaissèrent, et il monta dans la Jeep. Il sécha ses cheveux emmêlés et ses bras humides. Le short de Dan était remonté sur son entrejambe, et Karl ne put s'empêcher de le regarder quand Dan enleva son tee-shirt.

Leurs regards se croisèrent, et Karl lui tendit un sweat à capuche.

— Euh, j'ai apporté ça pour toi.

— Merci. Tu n'avais pas…

Dan se tut et secoua la tête. Il enfila le sweat – il était un peu serré au niveau de la poitrine – et il replia la serviette sur ses jambes nues.

Karl le regardait encore. Il lécha ses lèvres, ramena son regard sur la route et enclencha une vitesse.

— Si tu veux fermer la fenêtre, tu dois tourner la manivelle. Il y a des chaussettes chaudes sèches dans la boîte à gants.

Dan ne répondit pas, et ils roulèrent en silence, mais après quelques minutes, il ouvrit la boîte à gants et changea de chaussettes. Puis il laissa échapper un petit soupir de satisfaction qui fit vibrer tous les nerfs de Karl.

— Tu te sens bien ? demanda-t-il avant de lever les yeux au ciel.

Question idiote. Voix rauque idiote. Idiot.

— Prenez soin de vos pieds, et ils prendront soin du reste.

16

Dan sourit en reconnaissant la phrase qu'ils entendaient à maintes reprises pendant le service.

— Ça fait du bien. Merci encore.

Il sourit, et Karl vit la réticence derrière et essaya de ne pas la laisser le déranger. Il vit plus que de la nervosité – une tristesse, quelque chose de perdu dans l'expression de son passager. Il détestait le fait de l'avoir remarqué et la douleur que cela provoquait dans son cœur. Le soupçon tenace de la soirée précédente revint, mais il ne savait pas de quoi il devait se méfier.

Dan tripota une bande de papier usé, et quelque chose de métallique scintilla. Il serrait le papier dans sa paume et restait immobile. Le malheur s'accrochait à lui comme un manteau.

Karl soupira. La vulnérabilité était du pur bonheur pour lui, comme s'il avait besoin de plus à enfermer et à ignorer à propos de ce gamin. Il s'y perdrait s'il ne faisait pas attention.

— As-tu toujours voulu être un garde-côte ?

— Hmm ?

Dan referma son poing autour du papier et enfonça ses deux mains dans les poches de son sweat. Ses yeux étaient embrumés de questions et peut-être d'un souvenir lorsqu'il releva la tête.

— Je te demande de me raconter l'origine de ton histoire. Une petite conversation, tu sais ?

— Oh, oh. Oui, plus ou moins. Pendant un moment, j'ai pensé que je deviendrais un pro du surf, répondit Dan en haussant les épaules. Je suis bon, mais pas pro. Je suis de ceux qui ont nagé avant de marcher et qui ont grandi sur la côte avec… quelqu'un qui m'a poussé.

— Dans le travail ?

— En quelque sorte, répondit-il, la commissure de sa bouche se soulevant. Ça me semblait naturel de le faire. Je suis meilleur nageur que surfeur, et j'aime le frisson et le défi du sauvetage. Alors me voilà.

La réponse de Dan laissait beaucoup de non-dits, mais Karl laissa passer.

— J'ai grandi dans le coin.

— Oui ?

L'intérêt réchauffait la voix de Dan, et il regarda autour de lui le paysage magnifique et inhospitalier.

Karl pouvait presque entendre ses pensées tandis que Dan imaginait à quoi ressemblait son enfance.

17

Elle était bien dans l'ensemble, et Karl n'avait pas à se plaindre de l'endroit où il avait atterri.

— Oui. Il n'y a pas beaucoup d'Alaskiens nés en Alaska. Tu as de la chance, petit, profites-en, tant que tu es là.

— Tu vas me montrer les ficelles du métier ?

— Ou je t'attacherai avec si tu me poses trop de problèmes, dit Karl en rétrogradant et en déglutissant lorsque Dan se tourna vers lui, les pupilles étrécies.

Ils s'installèrent dans un silence gênant. La chaleur se répandit de l'aine de Karl à sa poitrine, affaiblissant ses bras et brouillant ses pensées.

— Eh bien, nous y sommes, dit-il, sa voix se fissurant de soulagement alors qu'ils passaient devant le panneau en mauvais état qui les accueillait en ville. Y a-t-il un endroit particulier où je peux te déposer ?

— N'importe où, ça ira.

Le bras de Dan s'agita dans la poche du sweat, mais il ne le retira pas.

— Je voulais juste jeter un coup d'œil à Eider. Visiter.

Karl continua à rouler vers le centre-ville et s'arrêta devant EiderUp, le bureau de poste/petite épicerie/magasin de surplus de l'armée.

— Voici presque la totalité d'Eider, mais visite, dit-il en se tournant vers Dan, un bras posé sur le volant.

Il voyait bien que son passager ne voulait plus de compagnie, mais il ne voulait pas le laisser là, surtout avec le service de l'après-midi qui approchait.

— Je te retrouve ici dans une heure environ.

— Tu ne veux pas…

— Je le ferai. Ficelles, tu te souviens ?

La couleur saupoudra les joues de Dan, et Karl cligna des yeux, se pencha et coupa le moteur.

Dan glissa hors de la Jeep et se tint à la porte. Il refusait de croiser le regard de Karl alors qu'il fouillait dans la poche de son sweat-shirt, et Karl imagina la bande de papier. Il devrait empêcher le gamin de participer aux soirées poker de la station.

Puis la pluie qu'il avait prédite commença à frapper le toit en toile.

— D'accord. Je serai là.

Dan remonta sa capuche, claqua la porte et partit.

Karl écouta la pluie et s'empêcha de regarder Dan. Il prit un café à l'épicerie, se tint au courant des potins et s'assit dans la Jeep pour lire. Il fixait surtout le journal sans en comprendre les mots, se demandant ce que Dan cachait et ce qu'il était vraiment venu chercher en ville.

DAN rentra les épaules et remonta le col de son sweat à capuche sur son nez. Il sentait bon, frais et épicé, comme la chambre dans laquelle il était resté.

Comme Karl.

Il grogna et se tint sous l'avant-toit de l'immeuble d'angle. Le fait de se faire conduire ici et de retourner à la station lui laissait beaucoup plus de temps, et il était reconnaissant pour cela, ainsi que pour le sweat à capuche et les chaussettes sèches. Il regarda Karl entrer dans le bureau de poste et détesta à quel point il pourrait apprécier l'homme, si on lui en donnait l'occasion.

Dan vérifia la boussole de sa montre pour s'orienter et commença à trottiner vers l'ouest de la ville.

Eider n'était pas beaucoup plus qu'un amas d'humanité coincé à un carrefour, et bientôt, il était hors de la ville et passait devant des terrains plus grands, étendus, envahis par la végétation, avec des caravanes attachées à des remorques, des maisons en rondins et quelques chalets en forme de A. Il trouva la laiterie en bas de la colline, tourna au nord et grimpa une route en mauvais état. Il dépassa la cabane et avait couru environ quatre cents mètres jusqu'à une impasse avant de s'en rendre compte. Dan ralentit, fit demi-tour et chercha l'entrée. Il finit par apercevoir les extrémités recourbées d'un contreplaqué qui dépassaient des mauvaises herbes mourantes au bord de la route, et au-delà, quelque chose qui ressemblait à la forme d'une maison était couvert de ronces et de lierre.

Le contreplaqué enjambait un ponceau métallique et menait à un étroit sentier. Dan passa une parcelle épineuse, se pencha sur le porche d'entrée délabré afin de s'assurer qu'il était solide, puis essaya la clé dans la porte cadenassée. Elle ne rentrait pas. Un choc secoua ses bras et il fit un pas en arrière. Il scruta la cabane, retourna sur la route pour la regarder de haut en bas, et vérifia ses coordonnées.

C'était le bon endroit. C'était obligé.

Dan considéra ses options, se faufila entre les épines et grimpa à nouveau sur le porche. Il se retourna et enfonça la porte. Le cadenas resta verrouillé, mais le cadre de porte spongieux fut arraché. Un air dense et putride l'assaillit – puanteur animale, pourriture du bois et quelque chose de chimique – et il s'étouffa. Il resta debout sur le porche afin de reprendre son souffle, remonta le sweat à capuche sur son nez, puis il entra.

J'ai une cabane dans les bois. Tu aimerais être ici.

Dan entendait la voix d'Axe et il fit le tour de l'intérieur. Ils ne s'étaient pas vus après le départ de ce dernier de la maison, et encore moins une fois qu'il était arrivé en Alaska, mais la cabane était assez bien cotée pour qu'Axe en parle dès le début. Il avait envoyé les coordonnées à Dan et lui avait dit de regarder par satellite, se vantant de la vue et de la rivière proche et de voir des ours et des loups depuis le porche arrière. Cet endroit miteux et sordide n'était pas ce que Dan avait imaginé.

Axe l'avait-il achetée dans cet état, mais n'avait jamais eu l'occasion de la réparer ? Aurait-elle pu se délabrer dans les semaines qui avaient suivi la mort d'Axe ? Était-ce comme cela qu'il avait décidé de vivre ?

Dan ne savait pas. Tout semblait possible dans cette région sauvage.

Il activa la lampe de poche du téléphone et balaya la pièce, mais ignora les grattements.

Rien ne lui sautait aux yeux, à part le fait que c'était désert. Il parcourut toute la cabane en suivant un schéma de recherche, rebondissant ici et là sur les lattes du plancher, mais il ne trouva rien de caché sous celles-ci. Les murs en rondin étaient solides, et l'unique rangée d'armoires était vide et ne comportait aucun faux fond ou compartiment qu'il aurait pu discerner.

Dan ouvrit la porte arrière et la referma. À environ trois mètres de la cabane, le flanc de la montagne s'effondrait, et entre les deux, il n'y avait que des ronces épaisses et vicieuses.

Il chercha sous le porche, ne trouva rien, puis il fit de son mieux pour faire le tour et vérifier les côtés de la cabane. L'un des côtés était presque muré par une vilaine plante aux feuilles rouges et brunes brillantes qu'il jugea toxique, et l'autre abritait une cheminée en pierre qu'il n'avait pas vue de l'intérieur. Elle s'était détachée du mur et penchait dangereusement en arrière. Le trou qu'elle avait créé était barricadé, et le toit était recouvert de plastique ondulé.

Aucune des pierres ne vacillait ou ne voulait se déloger, mais la cheminée semblait vouloir le faire, alors il tapota autour de la base, mais n'obtint que des genoux boueux et des mains sales.

Dan souffla de frustration et sortit le morceau de papier de sa poche.

Si jamais tu montes ici pour voir ton grand frère débile, tu auras besoin de ça.

Les mots cryptés et la clé autour de laquelle ils étaient enroulés étaient tout ce qu'il avait pour continuer – cela et leur conversation sur la cabane, Dan était sûr que les deux devaient aller ensemble.

Il avait idolâtré Axe en grandissant. Il avait dix ans de plus et était toujours si fort, rapide et cool. Axe avait un père différent, et aucun des deux n'était resté dans le coin. Avec une mère désintéressée, Axe était toute la vie de Dan. Il lui avait appris à nager, à surfer et tout ce qu'un adolescent pouvait apprendre pour devenir un homme. Mais dix ans s'étaient transformés en gouffre lorsqu'ils avaient eu dix et vingt ans, et qu'Axe s'était engagé chez les gardes-côtes. Il avait disparu de la vie de Dan depuis.

Ce dernier avait suivi et s'était aussi engagé chez les gardes-côtes le jour où il avait obtenu son diplôme d'études secondaires. Mais il le voulait pour lui-même autant que pour suivre son frère. Il aimait l'eau et la natation, l'excitation d'un sauvetage. Construire une carrière et son avenir sur ces bases était tout à fait logique. Il avait travaillé d'arrache-pied pour obtenir les meilleures notes et le meilleur rang dans tous les domaines, et avait effectué sa première période de service à Cali avec des vues sur Hawaii.

Il y avait renoncé lorsqu'Axe avait été présumé mort. Obtenir d'être stationné en Alaska était facile, car ce n'était pas exactement une position recherchée, mais la facilité s'arrêtait là. Trouver plus de questions que de réponses ne faisait que ralentir son enquête, mais cela ne le décourageait pas.

Il devait savoir ce qui s'était passé, et il ne pouvait pas accepter qu'un nageur vétéran aussi fort qu'Axe disparaisse sans laisser de traces lors d'une mission de routine. Axe ne s'était pas perdu en mer, ou alors ce n'était pas aussi simple. Ils avaient pu s'éloigner l'un de l'autre au fil des ans, mais les frères savaient certaines choses tout simplement.

Grimper dans l'espace entre la cheminée et le mur était une très mauvaise idée, alors bien sûr il s'y colla.

Rien de plus. Ni sous le plastique gluant de la toiture ni dans les trous de piverts percés en lignes denses sur tout le revêtement en bois. Il changea de prise pour se retourner et redescendre et dut s'appuyer lourdement contre le mur. Il sentit la chute avant qu'elle ne se produise.

Le bois gémit, puis se fendit, et Dan se débattit. Il atterrit sur le dos, durement, le souffle coupé et les ténèbres se refermant sur lui. Il aspira le vent et essaya de repousser le poids du mur qui le maintenait au sol. Mais il était trop lourd, trop serré.

Les ténèbres se rapprochaient, l'affaiblissant. Il ferma les yeux, juste une minute, afin de reprendre des forces, mais il revint à lui lorsque quelque chose d'autre s'écrasa à côté de lui.

Il imagina ce qui se passerait si la cheminée de roche cédait et suivait le mur. Puis il s'imagina tombant à travers le sol affaibli et attrapant le tétanos, ou se cassant la jambe et restant là à pourrir avec tout le reste.

Il reprit son souffle et réussit à détacher une jambe du mur entassé sur lui. Il leva son genou, posa son pied sur les planches et poussa vers le haut. Puis il se traîna en arrière aussi vite qu'il le pouvait. Les planches se soulevèrent suffisamment pour qu'il puisse se libérer et s'écrasèrent à quelques centimètres de lui. Des points lumineux parsemaient sa vision, et il crachait de la poussière caustique qui brûlait sa gorge et ses poumons.

Il tituba jusqu'au porche, puis quitta la cour, trop étourdi pour être énervé ou contrarié. Il ne regarda pas sa montre. Il baissa juste la tête et courut.

La Jeep cabossée de Karl était devant le jardin et l'homme attendait sur le siège conducteur.

Dan n'avait aucune explication à donner, alors il n'essaya pas de trouver une mauvaise excuse.

— Désolé.

— Nous serons juste à l'heure, dit Karl en vérifiant sa montre.

— Je me suis éloigné plus que prévu, et ça m'a pris plus de temps, dit Dan en écartant ses mains. On m'avait prévenu que les distances étaient plus difficiles à mesurer ici, mais je n'avais pas réalisé à quel point.

— Es-tu tombé dans le puits proverbial ? demanda Karl en examinant Dan d'un œil attentif et passant un doigt léger sur le genou de son passager.

Dan frissonna, et il baissa les yeux, parce que Karl ne le lâchait pas. L'homme fit claquer sa langue et il se pencha en avant, proche et chaleureux, et lorsque Dan tourna la tête, leurs nez se frôlèrent. Ils clignèrent des yeux – trop près, trop chaud – et Karl souffla, puis passa une main sous le siège de Dan.

Celui-ci ne put que rester assis là, stupidement, tandis que Karl ouvrait la trousse de premiers secours et s'occupait d'une coupure sur son genou que Dan n'avait pas vue avant que l'autre homme ne le lui fasse remarquer. Karl posa un sparadrap, puis il appuya et poussa pour vérifier les autres blessures.

— Les ronces m'ont attrapé, dit Dan, sa voix comme un fil, essayant de ne pas arracher son genou de la main de Karl.

Cela aurait l'air bizarre et cela ferait mal. Il se dit que la brûlure causée par le contact de Karl était due à la fatigue d'avoir couru trop loin et trop fort.

L'odeur chimique était encore dans son nez, et il le pinça. Dan s'adossa à l'appuie-tête, se tourna pour enfouir son visage dans le sweat à capuche et s'imprégna du parfum frais et épicé qui flottait dans le tissu.

Karl marmonna sans s'engager et poussa une bouteille froide et humide dans la main de Dan. Il l'ouvrit et but l'eau.

— Merci. Et merci d'avoir attendu.

— Bien sûr.

Karl ferma la trousse de premiers secours, la rangea dans le coffre arrière et étudia Dan une minute de plus.

— Demande à Gent de t'examiner lorsque nous arriverons. D'accord ?

Dan hocha la tête.

Karl démarra la Jeep, fit marche arrière, embraya, et ils avancèrent d'un coup sec. S'il était intéressé par la raison pour laquelle Dan courait jusqu'à la ville et se perdait pendant des heures, il ne le montrait pas. Il n'avait pas récriminé ou demandé quoi que ce soit. Il ne faisait même pas la conversation. Dan était ennuyé que cela lui manque. Si c'était Axe qui l'avait attendu, il aurait eu les fesses tannées et les oreilles écorchées.

Dan rompit le silence à plusieurs kilomètres de la ville.

— Nous devrions probablement échanger nos numéros.

— Bonne idée s'il y avait une couverture cellulaire fiable par ici, dit Karl en levant une main afin de fouiller dans une poche, puis lui tendant son téléphone. Toujours une bonne idée, tiens.

— Il n'est pas verrouillé.

— À quoi bon ?

— Juste, dit Dan en haussant les épaules.

Il ajouta son numéro aux contacts de Karl et s'envoya un message rapide. Conformément à l'observation de l'autre garde-côte, le message ne passa pas. Il le renverrait à la station.

— Je t'ai pris un sandwich au bureau de poste, dit Karl en faisant un signe vers le sac en papier blanc entre les sièges, en souriant, mais sans le regarder. Le receveur des Postes fait un bon club.

Dan fixa la bouteille d'eau vide et souhaita en avoir un peu plus afin d'avaler la honte qui remplissait sa poitrine. Pour une raison inconnue, les larmes qui n'avaient pas coulé lors du naufrage décevant de la cabane d'Axe gonflaient et menaçaient de déborder. Il descendit sa vitre et tourna son visage vers le vent.

Un gémissement sourd s'éleva au loin devant eux. Le pouls de Dan accéléra, et ses muscles se contractèrent par anticipation. Il regarda Karl, qui lui fit un signe de tête et appuya sur l'accélérateur. La Jeep cracha du gravier et décolla dans le virage, mais elle tint bon sur la route.

L'alarme du SAR [1].

---

1 Search And Rescue (Recherche Et Sauvetage).

CHAPITRE TROIS

DAN sauta de la Jeep, et Karl marcha à ses côtés. Il ne sentait pas les coupures, les contusions ou quoi que ce soit d'autre que l'urgence d'agir. Ils laissèrent tout derrière eux et se précipitèrent dans la station. Lang, Scobey et Gent les rejoignirent et ils entrèrent dans la salle de briefing.

Jameson attendit une demi-seconde pendant qu'ils s'asseyaient.

— Nous avons un navire qui demande l'évacuation médicale d'un de ses membres d'équipage. Il a une grave lacération jusqu'à l'os du bras gauche, et ils craignent qu'un tendon soit endommagé, parce que sa main ne réagit pas. Ils ont apparemment réussi à le fermer avec des sutures adhésives cutanées, et à le stabiliser, mais c'est plus que ce qu'ils peuvent traiter à bord. Et ils sont loin de faire demi-tour, dit Jameson en tirant une des nombreuses cartes au-dessus du tableau blanc avant et pointant du doigt un point n'importe où dans l'océan.

— Faire demi-tour? chuchota Dan à Lang.

— Notre argot pour dire qu'ils ne sont pas sortis assez longtemps pour rentrer tous leurs filets ou autre et qu'ils ne veulent pas rentrer s'ils n'y sont pas obligés, expliqua Lang en haussant les épaules. C'est assez typique par ici, mais il n'y a rien de mauvais là-dedans – juste des équipages qui gagnent leur vie.

— C'est noté, dit Dan. Merci.

— Nous avons des vents latéraux faibles, et le grain prévu dans notre zone s'est arrêté loin à l'ouest de la position du bateau. Ça devrait être un simple «On prend et on évacue». Une fois le patient sécurisé, nous l'emmènerons directement à l'hôpital.

Jameson roula les imprimés et les frotta contre sa paume.

— Très bien. Nous nous y mettons.

Dan sourit – il ne pouvait pas s'en empêcher – et il suivit la sortie rapide, mais contrôlée de tout le monde de la pièce.

Jameson l'arrêta avec le rouleau de papier sur son chemin.

— Bonne chance là-bas. Faites en sorte que ce soit une bonne première. D'accord ?

— Je le ferai certainement, acquiesça-t-il.

Il courut à son casier, se changea, cacha la note et la clé, et se précipita sous la pluie vers l'hélicoptère.

Karl avait réussi à le devancer, liste de contrôle en main. Dan monta, s'installa sur la banquette et passa en revue ses propres vérifications avant le décollage. En quelques minutes, Lang et Scobey firent vrombir l'hélico, et Dan regarda le sol s'éloigner alors que le nez de l'appareil se dirigeait vers l'océan.

L'adrénaline montait en flèche et Dan était suffisamment nerveux pour gigoter d'anticipation, mais il n'était ni distrait ni effrayé. Au contraire, il était impatient, prêt à agir.

Il suivait leur progression sur l'eau à l'aide d'une carte qu'il avait apportée à bord. Il donnait l'impression d'être un bon débutant et d'apprendre sur le tas, mais il ne se préoccupait pas de leur destination finale. Au lieu de cela, il suivait la trajectoire en arc de cercle que l'hélicoptère avait pris le jour où Axe avait disparu. Ils quittèrent cette trajectoire, et il porta son regard au loin, là où l'océan devenait plus sombre et plus profond, puis il regarda en arrière pour trouver la terre. Ils étaient si loin que la côte n'était pas visible.

Il ajouta cela à sa liste mentale, puis plia et rangea la carte. Il était temps de se concentrer sur la tâche à accomplir. Il respira régulièrement et revit ses étapes et l'ordre des opérations. Il imagina le sauvetage encore et encore, visualisant tout cela afin que ses actions puissent être automatiques lorsqu'ils arriveraient.

Karl le fixa d'un air interrogateur, et il pouvait lire la question dans ses yeux. Il leva le pouce, mais l'homme continua à le regarder, les deux sourcils arqués en signe de questionnement, et Dan ne put empêcher son sourire en préparation. Il secoua la tête, mais Karl hocha la sienne, apparemment satisfait, et se remit au travail. Le sourire de Dan ne s'effaça pas totalement, et il ignora la sensation de chaleur dans sa poitrine provoquée par l'attention de Karl.

Lang annonça qu'ils approchaient du site de sauvetage une trentaine de minutes plus tard. Dan entendit à peine le bavardage continu sur leur arrivée, leurs coordonnées, l'état des conditions météorologiques et le navire en dessous. Karl lui fit signe de s'avancer vers le treuil, et il marcha vers lui. Ses mouvements étaient automatiques et experts alors qu'il attachait son harnais à la ligne et se lançait. Puis il passa par-dessus le rebord du pont et descendit.

Le vent des rotors le secouait et l'aspergeait d'embruns, mais Dan ne le remarquait pas. Il se concentrait sur la cible en dessous tandis que Karl s'efforçait de le guider. Il se dirigea avec ses bras et ses jambes lorsqu'il s'approcha du bateau.

Le bateau de pêche se balançait de la proue à la poupe dans d'énormes vagues ondulantes, et il fixa d'un œil méfiant le pont central qui s'élevait au-dessus de tout et les bras d'équipement à tribord qui pointaient des doigts dentelés vers le ciel.

— Doucement.

La voix de Karl à la radio était confiante et contrôlée.

— Positionne-toi, on attend une minute. On s'assure qu'on est à l'équerre et on te laissera descendre.

— Reçu.

Dan croisa les bras et la corde se balança et le fit contourner l'équipement. Il regarda sans crainte alors qu'il se balançait vers le pont élevé. Il pouvait voir que l'élan n'était pas suffisant pour qu'il le heurte. Quand l'élan de Dan ralentit pour devenir aussi calme que possible, il leva la main pour donner un signal.

— Ça semble bon.

— Bon ? demanda Karl, vérifiant deux fois.

— Reçu. Je dirais que je suis stable et prêt à descendre.

— Attention à tes pieds près de la grande baie ouverte au milieu du pont. Et le tas de bouées derrière toi. Le mouvement des pales leur donne un peu de fil à retordre.

— Reçu. Merci.

Dan ne posa pas de questions, ni n'apprécia l'information. Karl était dans l'hélicoptère pour contrôler le sauvetage pour une raison.

Il prit contact avec le pont du navire, desserra ses genoux et s'inclina pour suivre les mouvements du bateau. Il se stabilisa et détacha la ligne. Puis il l'appela, tint le clip jusqu'à ce qu'il passe au-dessus de sa tête, et accorda ensuite toute son attention au navire.

— Bonjour. Qui est le capitaine ?

Un homme au visage buriné se détacha du groupe.

— C'est moi. Par ici, dit-il sans perdre de temps, et Dan le suivit sous le pont.

Le patient était allongé sur la table de la cuisine, son bras blessé posé sur une étagère au-dessus, enveloppé dans des serviettes ensanglantées. Il était alerte et réactif, et marmonnait plus sur la paye qu'il allait rater et le truc que les hommes lui avaient déjà donné que sur la douleur. Son visage n'était pas très coloré, mais il n'était pas vert ou d'un blanc choquant.

— Bonjour. Je m'appelle Dan. Mon équipe et moi sommes prêts à vous sortir d'ici.

Il aurait dû donner son nom et son grade, mais cela lui semblait toujours idiot.

— Je vais vous examiner, puis vous monterez à bord de notre moyen de transport et vous irez faire réparer votre bras. Ça vous va ?

— Non, répondit l'homme, ses yeux bleus larmoyants ne se fixant pas sur Dan alors qu'il bafouillait ses mots. Je préférerais rester, mais le capitaine a dit pas de chance. Je ne peux pas utiliser cette main de toute façon, donc je suppose que c'est bien. Appelez-moi Jeb.

— Super. Merci, Jeb, répondit Dan en souriant avant de sauter sur la table pour s'asseoir à côté de lui.

Il passa en revue une série de questions et vérifia subtilement les signes vitaux de Jeb. Ce dernier n'était pas très réactif, mais rien n'était assez mauvais pour l'alarmer.

— Il est temps de vous mettre debout, dit Dan en se levant et poussant sa hanche contre le côté de la table, entourant Jeb d'un bras. Voilà. Appuyez-vous sur moi et prenez votre temps.

Jeb se moqua de l'idée – il était plus gros qu'un tonneau – mais Dan tint bon. Après avoir essayé de glisser par ses propres moyens, Jeb poussa un juron et il suivit les instructions de Dan.

Ce dernier dut les orienter à travers les portes et les passages étroits, et il lâcha Jeb et le poussa, le soutenant à moitié par-derrière pour les faire monter à l'étage. Il dit à Karl qu'ils étaient presque prêts à être ramassés, et informa Gent du bilan initial du blessé.

Il regarda autour de lui pour trouver un bon endroit où laisser Jeb, et il l'assit sur une bobine de quelque chose qui semblait solide, puis il donna le signal pour le panier.

Karl le prépara, et il tomba de l'hélicoptère et sur le pont avec précision. Dan attrapa un coin avant qu'il ne puisse déraper, et avec l'aide d'un membre de l'équipage, il souleva Jeb pour le mettre dedans. Il plaqua le bras blessé contre la poitrine de Jeb.

— Vous gardez votre bras comme ça quand vous montez. Il n'y a aucune chance que vous tombiez de cette nacelle, alors ne vous inquiétez pas de vous accrocher. Ils vous aideront à sortir une fois que vous aurez atteint l'hélicoptère. Restez juste assis et laissez-les faire. Nous ne voulons pas que vous rouvriez cela ou que vous fassiez plus de dégâts après tout le travail que nous avons fait pour vous sauver.

Il sourit et adressa un clin d'œil au blessé, et Jeb réussit à afficher un sourire tendu.

— Le patient est dans la nacelle. La nacelle est prête à voler, annonça Dan avant de tapoter l'épaule de Jeb. Vous allez vous en sortir. Le voyage sera plus rapide que vous ne le pensez. Elle est solide. Donc, vous vous allongez et vous restez calme. D'accord ?

Il pouvait voir que Jeb éprouvait une peur bleue à l'idée de flotter dans un panier métallique au-dessus de l'océan, ce qui était peut-être la meilleure façon de voir les choses, contrairement à Dan qui appréciait chaque instant. Mais il n'y avait rien à dire à ce sujet.

Dan guida la nacelle pendant qu'elle se soulevait et la stabilisa jusqu'à ce qu'il ne puisse plus l'atteindre.

— Pour information, Jeb a l'air de vivre la dernière chose qu'il a envie de faire, alors attendez-vous à ce qu'il soit un peu nerveux en haut.

— Reçu, répondit Karl.

Dan se pencha en arrière et regarda. Il protégea son visage d'une main et hocha la tête en réponse au pouce levé de Karl. Il baissa les yeux et regarda le capitaine qui approchait.

— Nous avons trouvé ça dans un de nos filets. Nous l'avons pêché hier. Nous l'avons gardé, pensant le rendre une fois de retour à terre. Mais puisque vous êtes là, c'est mieux que je le rende, dit le capitaine en tendant un petit paquet à Dan. Il n'a pas dû rester longtemps sous l'eau. La couleur est encore bonne et aucune créature n'y vit encore.

Dan le prit et cligna des yeux de surprise en se rendant compte de son poids.

— Il était vraiment bas, parce que nos filets étaient à une bonne profondeur. Je suppose que les poids se sont accrochés à la ligne d'une manière ou d'une autre.

Le capitaine déplia le paquet afin de révéler un morceau de plomb difforme avec un crochet fermé à son sommet, comme une version surdimensionnée des plombs de ligne qu'il utilisait lorsqu'il pêchait étant enfant. Du tissu était coincé et noué dans la boucle, et le sang de Dan se glaça à la vue de ce qui pendait au bout.

— Merci pour ça. Nous sommes vraiment reconnaissants de l'avoir, dit Dan en soulevant le petit paquet. Avez-vous trouvé autre chose ?

— Non. Mais nous garderons les yeux ouverts.

Le capitaine hocha la tête, comme s'il était au courant de quelque chose d'important.

C'était peut-être le cas.

— Super, affirma Dan en lui tapotant l'épaule.

Il entendait le bavardage procédural dans son casque, mais il n'écoutait pas. Ses oreilles bourdonnaient, et il dut détendre ses épaules par touches afin de pouvoir hocher normalement la tête au capitaine. Puis il zippa le paquet dans sa combinaison et retourna à l'endroit dégagé sur le pont pour attendre l'arrivée de la ligne afin de l'attraper.

— Nous vous contacterons par radio lorsque nous aurons amené Jeb à l'hôpital. Il est en de bonnes mains.

— Je le sais. Pourquoi croyez-vous que je vous aie appelé ?

— À part ne pas vouloir abandonner votre temps de pêche avant même d'avoir commencé ? lança Dan sur le ton de la conversation.

Le capitaine le fixa un instant d'un œil mauvais, puis il éclata de rire et lui tapa sur l'épaule.

— C'est vrai, mon garçon. Merci d'être venu. Bonne mer à vous.

— Et bonne mer à vous.

C'était impoli de ne pas retourner le sentiment.

Il accusa réception de l'appel de Karl indiquant que la ligne était descendue aux trois quarts, et il fit des gestes afin de faire reculer l'équipage. Ils firent tous un signe de tête, et il apprécia leur absence de panique et leur simple gratitude. La houle se leva et Dan s'accroupit instinctivement comme s'il était sur une planche de surf. Il regarda au-dessous de lui la ligne qui pendait de plus en plus près.

— Tiens pendant que j'ajuste, dit Lang.

— Bien reçu. En attente.

Il arqua ses sourcils lorsque la ligne s'accrocha à l'équipement avant de revenir dans sa direction.

L'hélicoptère manœuvrait avec détermination en s'opposant à l'élan de la ligne et la maintenant stable pendant que le bateau se soulevait.

— C'est le mieux que nous pouvons faire.

— Reçu. Ligne à fond, dit Karl, qui le regardait d'en haut.

Dan sentait l'intensité du regard de l'homme, sa concentration et son attention, et il semblait l'entourer de sécurité. Cela l'enhardit à saisir la corde et à se fixer.

— Je suis sécurisé.

— Reçu. Plongeur en approche.

Dan salua l'équipage et se concentra sur les dangers de son ascension. La masse étrangère du paquet dans sa combinaison l'inquiétait. C'était une présence qui le rongeait, et il n'était pas sûr de ce qu'il devait en faire. Il mit ses inquiétudes de côté alors qu'il approchait de l'hélicoptère, et les gestes habituels prirent le dessus. Karl prit sa main, et il monta à bord. Ils travaillèrent ensemble pour le détacher rapidement et le sortir de la porte.

Dan se recula pour lui faire de la place, et en quelques instants, Karl ferma la porte et informa Lang qu'ils étaient prêts à partir. Son corps était douloureux, ses yeux brûlaient et son esprit nageait dans un tourbillon de questions et de doutes. La fatigue et l'agitation n'étaient pas dues au sauvetage de routine. Il ne connaissait aucun protocole pour faire face à ce qu'il avait découvert. Il pouvait – ou devait – aller voir Curtis pour lui faire part de sa découverte, puis se retirer pendant que l'enquête suivait son cours. Mais ce n'était pas si facile. Le paquet d'étoffe bien rangé et lourd était sinistrement présent dans son esprit.

Il n'avait rien d'autre que lui-même, aucune structure de soutien, aucune solution de repli, ni même d'amis à Staggered Cove. Il l'avait su en arrivant, mais la dure vérité le frappait comme un coup de poing.

— Bon travail, dit Karl en s'accroupissant devant lui, tirant Dan de ses pensées. Tu vas bien, petit ?

— Tout va bien, mentit-il en déglutissant, couvrant inconsciemment le paquet à côté de son cœur. Merci.

Dan jeta un coup d'œil pour regarder Gent s'occuper de Jeb, qui était déjà allongé sur une civière. Il se détourna et vit que Karl le fixait toujours, intensément. Incapable de lire son expression, Dan lécha ses lèvres et goûta le sel. Son adrénaline céda la place au malaise.

— Sûr ?

— Sûr.

Des taches de couleur scintillaient dans les yeux de Karl dans la pénombre rougeâtre. L'hélicoptère tremblait et vibrait, et le bruit était incessant. Dan suivit l'arc sardonique des sourcils de Karl, son nez droit et étroit jusqu'à sa lèvre inférieure pleine.

— Doublement sûr, affirma-t-il en secouant la tête.

— D'accord, alors, dit Karl en tapotant la jambe de Dan.

Ce dernier appuya de nouveau sa main sur le paquet contre sa poitrine et ferma les yeux.

Ils atterrirent à l'hôpital et transférèrent Jeb par des mouvements et des réponses connus par cœur. Le vol de retour à la station se passa dans le flou.

Dan termina ses contre-vérifications lorsqu'ils atterrirent, se souvint de remercier Lang, Scobey et Gent et de leur dire qu'ils avaient fait du bon travail, puis il descendit sur l'héliport et se dirigea presque en courant vers la station.

Il ne pouvait pas vraiment regarder Karl, mais il sentait que celui-ci le regardait partir.

Jameson le surprit alors qu'il se dirigeait vers sa chambre, et Dan cacha son impatience d'y arriver, de se déshabiller et d'être sous la douche avant que Karl ne rentre.

— Mission classique, Farnsworth. Et nous avons déjà l'information que Jeb est stabilisé.

— Merci, monsieur. Ça s'est bien passé.

— Allez vous nettoyer et vous réchauffer. Nous ferons un bref débriefing après ça. Excellent premier départ… comme nous l'avons dit.

Jameson attendit un instant, puis il donna un coup de coude à Dan.

— Oui, oui, sans aucun doute, répondit celui-ci avec un sourire plat et un ton encore plus plat.

Il passa devant le poste de travail et le mess. Le couloir semblait trois fois plus long, et chaque bruit le faisait sursauter l'incitant à regarder si Karl l'avait rattrapé.

Il pénétra dans leur chambre comme un criminel, dos au mur, regardant follement partout, avant de reprendre son souffle et de tapoter la bosse littérale sur sa poitrine.

Il défit la fermeture de sa combinaison et il jeta le paquet sur son bureau. Il atterrit avec un bruit sourd si fort qu'il recula et resta immobile jusqu'à ce qu'il ait compté jusqu'à cinq. Rien. Il déplia le tissu afin de révéler des éléments indéniables – un carré soigneusement coupé du tissu rouge-orange d'une combinaison étanche d'un garde-côte, une balise radio personnelle attachée, le long bout de tissu enfilé dans deux poids de ligne de pêche.

Il aurait dû la ramasser, courir jusqu'au bureau de Curtis et la lui remettre. Au lieu de cela, Dan cacha les poids et la balise radio dans un sac zippé qu'il enfouit dans son casier à chaussures. Tout son corps tremblait alors qu'il se déshabillait, ses doigts arrivant à peine à manipuler les boutons, les fermetures éclair et les élastiques. Quelqu'un avait lesté une balise radio personnelle et l'avait coulée dans l'océan. Si la balise était celle d'Axe – Dan savait d'une certaine manière que c'était le cas, et quelles étaient les chances ? – cela amenait un tas de nouvelles questions. Que cela signifiait-il ? Et qui l'avait plombée pour qu'elle se perde dans l'océan insondable ?

Dan se précipita dans le couloir et tâtonna les commandes de la douche, mais il n'y avait pas de douche assez longue pour nettoyer le malaise troublé qui agitait son estomac.

Trouver la balise était mauvais. Mais c'étaient les mots de Jameson qui résonnaient dans son esprit. Cela avait été un grand sauvetage. Plus que cela, Dan était à l'aise, confiant, capable d'effectuer son travail sans souci pendant le sauvetage, parce qu'il avait déjà confié sa vie à Karl sans arrière-pensée. Ils avaient eu un rapport facile et immédiat pendant qu'ils travaillaient ensemble, et il avait été rassuré lorsque Karl avait vérifié comment il se sentait à son retour dans l'hélicoptère. Les yeux sombres de l'homme étaient sérieux, avec une préoccupation au-delà du devoir. Karl Radin, l'homme qu'il avait été prêt à interroger, à blâmer, voire à haïr pour la disparition d'Axe, était calme, compétent et efficace. Après une seule mission, Dan pouvait dire que Karl était le meilleur avec qui il avait travaillé. Quelqu'un d'aussi consciencieux sur un sauvetage de routine, aussi prudent avec son plongeur et son équipage, ne semblait pas avoir laissé Axe rencontrer des problèmes, ou pire, sans se battre.

Il ne savait quoi faire de cela et il l'ajouta, à contrecœur, à sa liste de choses qu'il devait découvrir.

KARL termina sa check-list post-sauvetage et s'assit sur le pont de l'hélicoptère. Son pied tapait sur l'asphalte de la plate-forme d'atterrissage et ses doigts tambourinaient sur son genou.

Lang s'approcha de l'hélicoptère avec un bloc-notes plié sur sa poitrine. Il fit un signe de tête à Karl et leva le poing.

— Bravo pour ne pas avoir merdé là-bas.

— Bravo pour ne pas nous avoir fait boire la tasse, répondit Karl en tendant son poing, et ils échangèrent des coups de haut en bas.

— Le gamin s'est bien comporté.

— Hmm ? Oh, oui. Il s'est bien comporté.

— Quoi ? Tu ne crois pas ? demanda Lang en effleurant la carlingue de l'hélicoptère et touchant quelques endroits. J'ai raté quelque chose ?

— Non, rien.

Karl rassemblait ses idées lorsque Lang s'arrêta et fronça les sourcils en le regardant.

— Ça s'est bien passé, et je pense que cela se passera bien. Et je l'aime bien jusqu'à présent, donc...

Il haussa les épaules.

— Waouh, c'est beaucoup venant de toi. Je ne le dirai pas, dit Lang en louchant vers l'ouest sur l'eau. Et nous sommes rentrés avant que le soleil ne disparaisse. J'aime ça.

— As-tu vu où Dan – Worth, corrigea-t-il, s'est précipité ?

— À l'intérieur et au-dessus, donc presque sûrement vers les douches.

Karl l'imagina pendant une demi-seconde et sa gorge se serra.

— Il nous reste des heures de service, réussit-il à dire, et il donna l'impression d'être grincheux d'avoir essayé.

— Oui, et il est le seul à avoir été trempé, gelé et enduit de sel, dit Lang en tapant l'épaule de Karl. Et tu as tout juste réussi à dire que tu l'aimais bien. Ne sois pas si dur avec le gamin. C'est une douche, pas une journée au spa. Gent est probablement déjà en train de faire la sieste, et je suis sur le point d'aller tuer quelques dragons avec Scobey. Tu pourrais même te détendre aussi. Ça peut arriver aussi.

— Oui, oui, grogna Karl.

C'était juste une question. Il ne pensait pas que Dan se défilait... il voulait juste savoir où il s'était rendu après l'atterrissage.

Lang hocha la tête et se dirigea vers le nez de l'hélicoptère afin de terminer sa liste de contrôle. Il donna un coup de pied à Karl en passant, le genre de geste amical et intentionnel de crétin qu'ils avaient tous tendance à faire.

Le sourire de ce dernier disparut rapidement. Il resta assis dans l'abri relatif de l'hélicoptère alors que le vent se levait et attendit que Lang rentre à l'intérieur. Il devrait être satisfait de ce sauvetage et apprécier Dan, d'après le peu d'interactions qu'ils avaient eues, mais ce n'était pas le cas. Après une longue expiration, il déplia ce que le jeune homme avait oublié dans les sangles de l'équipement. Aucune raison d'être anxieux, mais son pouls battait à un rythme incertain et ses mains tremblaient.

Quelque chose dans le regard de Dan après le sauvetage l'avait hérissé, et le fait que Dan se soit enfui, abattu et évasif, n'avait fait qu'accroître ses soupçons.

Karl se renfrogna en fixant le tableau étalé sur ses genoux, détestant qu'il ne fasse rien pour atténuer le sentiment que quelque chose clochait avec Dan, et ce depuis le début. Il n'avait pas besoin de revérifier les coordonnées indiquées sur la carte pour les reconnaître.

Il imagina Dan scrutant l'eau – la côte et l'horizon lointain – alors qu'ils volaient à la rescousse. Il pensait que Dan se faisait une idée des choses, un premier aperçu du type d'océan auquel ils étaient confrontés ici. Il avait été extrêmement satisfait du dévouement apparent de Dan à son devoir et à son apprentissage. Ce que son nouveau collègue faisait en ville ne le regardait pas vraiment, mais sa longue disparition ne lui plaisait pas. Dan était sérieux à propos du sauvetage, et tant qu'il s'en sortait bien dans l'eau, c'était tout ce qui comptait. Mais alors qu'il scannait la carte – un parcours tracé de la station jusqu'à l'épave où Axe avait disparu en mer – tous ses doutes revenaient comme une vengeance.

Il n'avait pas vraiment de raison d'en avoir. Dan pourrait être curieux à propos de l'accident, mais ne pas vouloir poser des questions. Il pourrait ne pas vouloir déranger quelqu'un ou faire remonter de mauvais souvenirs. Il pourrait s'agir d'une simple reconnaissance pour voir de ses propres yeux l'endroit où cela s'était produit, la distance qui le séparait de la terre et l'étendue sombre de l'océan, à la fois comme un avertissement et comme une leçon. Mais Karl ne pouvait se défaire du sentiment que c'était plus que cela.

Il plia la carte et la glissa dans sa poche. Une fine couche de nuages avait enveloppé le littoral et une pluie fine commençait à tomber alors qu'il marchait vers la station.

— Ha. J'ai été élevée aux Philippines, puis dans le sud du Texas. Tu n'as rien sur moi, Californie.

La voix de Scobey portait depuis le mess, et Karl jeta un coup d'œil à l'intérieur. Il la trouva faisant une grimace *j'ai gagné* à Dan et tenant une tasse de café dans chaque main. Lang la regardait avec impatience par-dessus le dossier d'un canapé qui faisait face à un mur de moniteurs.

— Ça semble équitable, sauf pour la partie où je vais dans l'eau et où tu restes au-dessus, bien au chaud, répliqua Dan.

Il portait des vêtements frais et des chaussettes aux pieds, et ses cheveux étaient mouillés.

Karl ignora la petite sensation de chaleur que la vue de ces pieds recouverts de chaussettes provoquait. Rien chez le jeune homme – taille, corpulence, capacité claire pendant le sauvetage – n'était vulnérable. La dernière chose dont sa santé mentale avait besoin était de commencer à inventer des raisons pour prouver que Dan avait besoin d'attention, de soins, de beaucoup plus. Bien sûr, Dan avait ce regard perdu et cette confusion déçue que Karl avait remarqués pendant leur voyage en ville. Il avait senti une incertitude furtive juste sous la surface.

Mais oui, non.

Pas avec les autres trucs qui se passaient. Pas du tout.

Scobey fit un bruit réticent, mais pas conciliant, et se hissa par-dessus le dossier du canapé pour se glisser à côté de Lang sans renverser une goutte. L'énorme écran central s'anima et des silhouettes bien armées se déchaînèrent dans un paysage boisé. Les autres écrans affichaient le radar local en boucle et la météo nationale en sourdine.

Il prit de l'eau, un café, et quelque chose à manger, un plat de macaronis épicé au fromage et aux légumes ferait du bien après le froid de l'extérieur. Dan passa à la cuisine, puis il s'installa sur une chaise à côté de lui. Karl pensait que cela ferait bizarre que Dan s'asseye à une autre table dans ce bazar presque vide, mais il se dit qu'il devait agir normalement en poussant le sel et le poivre en direction de l'autre homme.

Dan hocha la tête et ajouta tellement de sel que toute la surface de son plat brillait. Ils mangèrent en silence.

— Hé, vous avez entendu les gars ? dit Marcum en entrant dans le mess avec, sur ses talons, un homme au visage rond, « bâti comme une bouche d'incendie ». La maison du vieux Swift s'est effondrée aujourd'hui.

La bouche d'incendie renversa une chaise et s'assit avec eux. Il tendit la main à Dan, ses yeux sombres étincelant, son teint brun clair et sans rides lui donnant l'air d'avoir entre vingt et quarante ans.

— Lon Yazzie. Tu peux m'appeler Yaz. Tu dois être Farnsworth. Marcum et moi sommes généralement occupés dans le hangar à faire avancer les choses.

— Oui, alors sois gentil avec nous, dit Marcum en souriant, avant de poser une assiette pleine de biscuits au centre de la table, puis deux autres assiettes pleines de mets. Essaye de ne pas casser ce que nous devrons réparer non plus.

Dan leur serra la main et prit un biscuit.

— Je m'en souviendrai.

— Nous avons écouté les pompiers volontaires passer l'après-midi à fouiller la cabane condamnée. On aurait dit que tout avait glissé en bas de la montagne, expliqua Marcum en pliant une serviette sur ses genoux, puis commençant à manger de bon cœur.

— Elle ne manquera à personne. Cet endroit aurait dû être condamné, intervint Lang depuis le canapé, sans perdre un instant alors qu'il frappait un truc d'elfe grisonnant.

— Ah oui? dit Karl, en essayant de se rappeler ce qu'il avait entendu à propos de Swift, mais il ne put mettre le doigt dessus.

Marcum s'arrêta assez longtemps de manger pour agiter sa fourchette.

— On a dit que c'était un labo de meth pendant un moment.

— J'ai entendu dire que la production s'est tarie tout aussi rapidement il y a quelques mois, dit Yaz en haussant les épaules. La cabane a été abandonnée depuis.

Karl ne manqua pas de remarquer que Dan s'était raidi et avait cessé de mâcher pendant leur échange.

— Quelqu'un a été blessé? demanda-t-il en observant avec intérêt Dan réduire ce qui restait de son biscuit en miettes sur sa serviette.

— Non, répondit Yaz en mangeant sa pomme jusqu'au bout, trognon compris. L'endroit tombe en ruine depuis des années. On dirait que la vieille cheminée a fini par céder et a emporté le reste avec elle.

— Heureux de l'entendre, affirma Karl alors que Dan froissait sa serviette et s'excusait d'un signe de tête sans regarder personne.

Le jeune homme jeta son assiette et ses couverts dans les bons bacs avec des mouvements presque normaux et des épaules tendues.

— Une idée de qui cuisinait? demanda Karl, sondant sa mémoire à la recherche d'un fragment manquant à propos de la cabane.

— Eh, non, dit Yaz, cassant un biscuit en deux avant de le manger d'une traite. Celui qui cuisinait est passé à travers les mailles du filet. Tu sais à quel point la propriété est fluctuante ici. Argent comptant, squatters, personnes sans attaches disparaissent, sans que personne ne s'en aperçoive.

Karl hocha la tête. C'était assez vrai. C'était presque commun en Alaska – une des raisons pour lesquelles certaines personnes venaient là.

— Le truc, c'est que je ne me souviens pas que la méthamphétamine ait sévi ici, dit Marcum en empilant ses assiettes vides, puis se penchant en arrière.

Il retint sa respiration, rota bruyamment, puis se redressa.

— Ce n'était pas vendu localement, poursuivit-il. Nous l'aurions su.

— Sale merde. Soyons heureux qu'elle ne l'ait pas été, répliqua Yaz en volant la serviette inutilisée de son collègue, s'essuyant la bouche, puis la rejetant.

L'image de Dan quittant la ville au trot sous le large ciel bleu matinal et le soleil doux revenait en boucle dans l'esprit de Karl.

— Où était la cabane, au fait? demanda-t-il.

— Nord-ouest, en dehors de la ville, dans les collines, répondit Marcum avant de faire un signe de tête vers les biscuits. Tu en veux?

Karl secoua la tête. Marcum empocha les six restants sur l'assiette et déposa ses assiettes dans les bacs.

Au nord-ouest, dans les collines. À moins que Dan ait fait un tour ou qu'il ait erré sans but, il s'était dirigé vers le nord-ouest, hors de la ville, ce matin-là et était revenu sale, éraflé et visiblement préoccupé, le jour même où une cabane abandonnée s'était soudainement effondrée au sol – le jour même où il avait scruté l'océan à la recherche d'un site d'épave bien précis.

— Yaz?

— Oui?

— Le bateau de Neal. Celui d'Axe, précisa-t-il, mais pas pour Yaz.

Un coup d'œil lui confirma que Dan s'était avancé. Bien – il faisait attention.

— Est-ce que quelque chose lui est arrivé? Je sais, changement de sujet, dit-il en souriant. La propriété glissante m'y a fait penser, et je me suis souvenu que tu avais dit qu'il pourrait être donné si personne ne le réclamait.

Yaz pinça les lèvres.

— Je n'en ai aucune idée, tu sais, dit-il en se levant et en s'appuyant sur la table, mains écartées. Veux-tu que je le découvre.

— Non, merci. Cela ne semble pas important.

— D'accord, cool. Mais tiens-moi au courant, dit Yaz en lui donnant un coup de poing dans l'épaule, suivant ensuite Marcum jusqu'à la porte.

Karl aimait bien Yaz. Ils s'entendaient bien et avaient beaucoup en commun. Il ne manquerait pas de dire à Dan que l'homme était un autre vrai Alaskien, né et élevé dans un village inuit loin au nord. Mais d'abord, il devait pénétrer dans l'ombre de Dan et découvrir ce qui avait déclenché une série de coïncidences aussi improbables.

Il se resservit du café et se rendit au poste de travail. Dan était assis dans un coin, observant tranquillement tandis que Jameson et d'autres membres du personnel s'occupaient des tâches banales de l'endroit. Karl réfléchit à Scobey appelant Dan… *Californie.*

Il regarda les petites bulles dans son café s'accrocher et flotter contre le bord de la tasse. Une prémonition pas tout à fait exacte flottait dans son cerveau comme ces bulles, et il fit tournoyer le liquide dans la tasse et brisa la dernière d'entre elles dans une petite vague.

Axe venait de Californie.

Dan le fixait lorsqu'il leva les yeux, alors il lui rendit son regard. Dan hocha la tête et lui sourit un peu. Puis il retourna à l'étude des moniteurs et des tableaux accrochés sur un autre mur.

Il affichait encore cette expression perdue, et cela lui faisait mal au cœur. Karl avait le devoir de découvrir pourquoi compte tenu de tout ce qu'il avait vu ce jour.

CHAPITRE QUATRE

DAN se tourna sur le côté et regarda Karl à travers la pièce sombre. Depuis le peu de temps qu'ils vivaient ensemble, il avait appris que l'autre homme sentait bon, qu'il était ordonné et qu'il avait le sommeil léger. Une fois, il s'était gratté les testicules un peu trop bruyamment, et Karl avait ouvert un œil afin de vérifier la pièce avant de s'assoupir de nouveau.

Il écarta les couvertures et compta jusqu'à dix. Aucune différence dans la respiration ou la position du corps de Karl. C'était bien. Dan continua à se déplacer par tranches de dix, s'asseyant, bougeant vers le bord de la couchette, passant une jambe par-dessus, l'abaissant jusqu'à ce que son pied touche le sol. Puis il se leva et attendit. Le mouvement du corps entier attirerait plus d'attention qu'un peu d'agitation dans le lit.

Le souffle de l'homme endormi s'arrêta. Dan se crispa et réprima un juron. Il se força à se détendre et resta immobile, et après une éternité, Karl soupira et roula pour faire face au mur.

Dan saisit l'occasion qui se présentait, attrapa ses chaussures et se glissa dans le couloir. Il plissa les yeux, enfila ses chaussures et se dirigea vers le mess. Son cœur cognait contre ses côtes, et il essaya d'avoir l'air de ne pas faire d'histoires en prenant une tasse de café, moitié lait, et beaucoup de sucre. Debout avant l'aube, il avait besoin d'un coup de fouet.

Quelqu'un grogna et Dan se raidit. Il n'y avait personne d'autre dans le mess, mais il se retourna. Toujours personne. Un autre grognement, et Dan se leva sur la pointe des pieds. Trask, basané, bâti comme une nouille et beau gosse, ronflait sur le canapé. Il était l'autre mécanicien de vol avec lequel Dan n'avait pas volé. Il leva les yeux au ciel en voyant son pouls nerveux et sa sueur, entendit des musiques de films d'espionnage dans sa tête et se dit de se calmer.

Trask ne bougea pas, et Dan traversa l'entrée sans être gêné. Le bureau d'accueil était vide à cette heure, bien que Ramirez fasse le tour des communications pour garder un œil sur cela.

Dan se faufila dans le couloir adjacent, passa le bureau de Curtis, jusqu'au coude bizarre où le couloir se terminait par la salle des dossiers. Elle n'était pas fermée à clé et personne n'était présent lorsqu'il se glissa à l'intérieur et s'affaissa contre la porte, tremblant de soulagement.

Il n'était pas un héros d'action en acier ou prêt pour une vie de crime.

Dan caressa l'idée d'utiliser une lampe de poche, mais décida d'allumer. Si quelqu'un le surprenait, il semblerait moins suspect d'être là-dedans, en train de faire… eh bien, quelque chose – il trouverait quoi dire – plutôt que de fouiller dans des classeurs avec une mini Maglitte tenue entre ses dents.

Il ne lui fallut pas longtemps pour comprendre le système d'organisation, et il sortit la boîte datée comme il se devait d'une étagère et la posa sur la table basse. Il but son café et la fixa, impatient de lire le rapport, mais redoutant de devoir passer en revue tous les détails. Dan ferma les yeux et vérifia une dernière fois – il écouta attentivement et attendit, juste au cas où – mais le bourdonnement des néons au-dessus de lui était la seule chose qui bougeait.

Il souleva le couvercle, s'assit, et il lut le rapport sur la disparition d'Axe – une fois rapidement, puis une seconde fois afin de passer en revue tous les détails et prendre quelques notes sur son téléphone.

Le débriefing de Karl lui sauta aux yeux. Il pouvait l'imaginer, déconcerté et en colère, disant les mots et terminant avec la même conclusion que tout le monde – l'incertitude sur ce qui s'était passé et comment Axe avait disparu sans laisser de trace.

La dernière fois que je l'ai vu, il levait son pouce et confirmait par radio. Les conditions n'étaient pas géniales avec de la pluie et du vent, mais ce n'était pas fort. Il portait sa combinaison étanche, était attaché à un gros morceau viable de l'épave, et dans l'eau à des températures au-dessus de la limite de survie.

Dan convint qu'il s'agissait de circonstances plutôt bonnes pour être laissé jusqu'à l'arrivée des renforts. Mais il savait à quel point les choses pouvaient vite déraper, surtout dans l'eau.

Pendant les minutes où Axe flottait seul avec l'épave, l'océan impitoyable aurait pu l'avaler tout entier, sans trace et sans remords.

Mais Axe était un bon nageur, plus fort que l'océan dans des jours bien pires. Et il y avait une trace de lui – cette satanée balise radio. Dan leva la tête, et il se précipita pour trouver les enregistrements de la balise radio. Il finit par s'agenouiller devant un vieux meuble en bois, feuilletant les cartes attachées à une broche centrale dans le tiroir jusqu'à ce qu'il arrive à celle d'Axe. Il prit une photo des infos de la balise et du code personnel. Les chiffres correspondaient.

Dan ne savait pas quoi faire de tout cela. Il avait des indices, mais des pièces du puzzle et pas de photo comme référence. L'incrédulité et une juste colère l'avaient amené là, mais elles s'étaient estompées alors qu'il travaillait et observait Karl et les autres. La chance lui avait apporté la balise, et rien n'était ressorti de sa visite à la cabane. C'était une vieille cabane de laboratoire de méthamphétamine, apparemment, et cette information était toujours présente dans ses tripes.

Son frère n'avait jamais montré de penchant pour les drogues pendant sa jeunesse, et il avait même tanné la peau de Dan lorsque celui-ci avait admis avoir pris une bouffée d'herbe quand il avait douze ans.

Cette balise venait de la combinaison étanche d'Axe. Elle avait été coupée, lestée et jetée dans l'océan par quelqu'un. De force ? Axe l'aurait-il fait lui-même ? Il n'aurait pas pu à la fois se noyer et disparaître en laissant de telles traces. Le nouveau mystère était de savoir pourquoi il avait disparu et qui voulait qu'il disparaisse.

Dan remit les cartes en place, ferma le tiroir et s'assit pour fixer la boîte à dossiers sans rien voir. Ses mains étaient froides, et les enrouler toutes les deux autour de la tasse de café ne fit rien pour les réchauffer. Il continua à la fixer, écoutant les lumières bourdonner alors qu'une lueur d'aube transformait la petite fenêtre en face de lui d'un rectangle sombre à un rectangle gris. Il préférait presque l'idée qu'Axe soit mort dans un accident étrange, même par négligence. Les conséquences de ce qu'il avait découvert pourraient être beaucoup plus difficiles à gérer.

Le bruit de la station devenant plus active secoua sa stupeur. Il remit les dossiers dans la boîte et se rendit dans l'entrée sans que personne ne le remarque.

Dan laissa son café au mess et sortit. Le vent froid qui soufflait ne stoppa pas ses pensées, mais il se sentit bien de respirer l'air frais.

Son petit subterfuge pour lire le rapport n'avait pas été un échec complet. Il avait appris qu'un bateau de pêche s'était signalé près de l'épave et avait demandé si les gardes-côtes avaient besoin d'aide.

Jameson avait répondu par radio que ce n'était pas nécessaire, et Dan convenait que c'était le mieux que l'homme pouvait faire dans les conditions connues. Le bateau de pêche, même s'il était bien intentionné, pouvait se mettre en travers du chemin, briser le champ de débris auquel

42

Axe s'accrochait, ou gêner le processus de sauvetage une fois que le SAR serait arrivé. Puisque l'arrivée était imminente, c'était le bon choix de décourager l'action directe.

Ils avaient interrogé le capitaine après l'incident. Il ne s'était pas approché assez pour avoir un visuel sur Axe, bien qu'il soit resté proche jusqu'à ce que l'hélico apparaisse. Après cela, le *Fairweather Friend*[2] avait signalé son départ et s'était dirigé dans la crique vers la terre. Le nom du vaisseau était comme une mauvaise blague cosmique.

Dan était coincé. Avec tout cela, il avait besoin de plus pour avancer. Il pesa le pour et le contre, indécis, puis il envoya un message.

J'ai besoin d'une faveur.

Une pluie fine et brumeuse couvrit son visage, et il passa une main sur son téléphone pour voir son message passer de l'état d'envoi à celui de livré et lu. Trois points apparurent et furent rapidement remplacés par une réponse.

Il vaut mieux que ce soit une urgence ou quelque chose de vraiment bien à cette heure-ci.

Dan sourit et imagina Ridge en train de regarder le téléphone.

Il répliqua.

Tais-toi. Je sais que tu ne dors pas la nuit.

OK, très bien. Quel enfoiré ?

Dan grogna et tapa sa réponse. Ridge était un charmeur en personne, intelligent, et un vrai petit malin, et plus attirant que beau. C'était le premier homme pour lequel Dan avait admis avoir le béguin, le premier type à l'avoir fait craquer pour un homme. Peu importe, cela avait commencé avec Ridge. Le béguin n'avait abouti à rien, parce que Dan ne l'avait jamais partagé. Il appréciait Ridge, il aimait être copain et endurer les trucs de base ensemble, mais pour finir, il savait qu'il ne voulait pas plus que cela.

Il n'avait jamais eu le béguin pour un autre homme depuis. Il était difficile à satisfaire et dévoué à la Garde. Il y eut une longue pause après sa demande, alors il ajouta,

Quoi, ton super mojo technologique ne peut pas le supporter ?

Ridge répondit.

Je veux juste être sûr que tu es sûr.

Je le suis. Je ne demanderais pas ça si je ne l'étais pas.

---

2 Ami peu fiable, ami des beaux jours.

Dan laissa couler ses larmes lorsque l'énormité de ce qu'il devait affronter le frappa enfin. Elles se mêlèrent à la pluie, mais elles offraient un certain soulagement à sa poitrine serrée et à la tempête d'émotions.

Je vais le découvrir. Ne t'inquiète pas. Je ne te demanderai pas pourquoi tu le fais, mais si tu as besoin de parler, je suis là. Cela prendra quelques jours.

Dan acquiesça et essuya son nez avec sa manche.

Merci, frangin. C'est important pour moi. Je t'expliquerai quand je pourrai... quand je saurai.

Tu es en sécurité ? Quelqu'un te protège ? Ils ont intérêt.

Oui. Je vais bien.

Il réalisa que c'était vrai. Il avait Karl pour cela.

Bien, fais attention à toi et on se parle bientôt.

Ridge termina avec un cœur, un ordinateur portable et des émojis « pouce levé ».

Dan envoya un doigt d'honneur. Il mit son téléphone dans sa poche et se leva afin de regarder le lever du soleil à travers le banc de nuages qui enveloppait la crique.

— Tu ne penses pas à courir jusqu'à la ville, n'est-ce pas ?

La voix de Karl brisa le silence.

Dan sursauta et Karl leva les deux mains pour s'excuser.

— Tu veux ?

Dan le fixa jusqu'à ce que Karl souffle et le tire à l'intérieur.

— Va te mettre quelque chose de sec et je t'emmène. D'accord ? dit Karl en serrant l'épaule de Dan, faisant courir son pouce le long de son cou. Oui ?

— Oui. Merci, dit Dan en frottant son visage humide et offrant un sourire fragile.

Il resta là jusqu'à ce que Karl le pousse et se dirige vers leur chambre.

Dan avait demandé à Ridge de faire un examen approfondi des affaires personnelles d'Axe – finances, tout problème sur le radar, tout ce qui pouvait être découvert. Ridge les trouverait – et garderait les résultats entre eux, mais Dan devrait vivre avec les résultats.

La balise radio semblait être la moins susceptible d'aider à quoi que ce soit. Celui qui l'avait jetée était au centre de tout, donc c'était sa cible. Il ne voulait pas aller en ville, et il ne voulait pas aimer l'idée d'un autre voyage tranquille aller-retour avec Karl.

Dan soupira, attrapa ce qui lui tombait sous la main, et se changea, enfilant un pantalon cargo sec et des couches par-dessus. Au moins, en ville, il pourrait trouver un manifeste pour le Fairweather, et il avait la clé qu'Axe lui avait envoyée.

Dan s'assit sur le lit pour pouvoir prendre la clé de l'endroit où il l'avait scotchée sous le tiroir du milieu de son bureau. Il la tint dans sa paume comme s'il voulait qu'elle lui dise ce qu'elle déverrouillait et examina le bouton gravé avec ce qui ressemblait à un logo.

— Qu'est-ce qui te ronge ?

Dan se cogna la tête sur la couchette supérieure en se levant. Il grogna et retomba sur son siège.

— Oh, mec. Merde, ça fait mal, s'exclama Karl en inspirant et en riant en signe de sympathie en entrant dans leur chambre.

Il s'approcha et ramassa la clé que Dan avait laissée tomber.

Le jeune homme marmonna des bruits de douleur, mais il n'attrapa pas la clé qui pendait de la main de Karl. Il pouvait difficilement faire comme si ce n'était pas grave s'il en faisait une affaire. Son escapade en ville et la façon dont il avait à peine caché sa réaction lorsqu'il avait entendu parler de la cabane étaient déjà assez mauvaises.

— Hum, voyons voir, dit Karl en penchant la tête de Dan vers l'avant et passant un pouce dans ses cheveux, dans un sens et dans l'autre.

Dan réprima un frisson – ce devait être la réaction au choc – mais il faillit jaillir du fauteuil et sortir de sa peau lorsque le genou de son collègue frôla l'intérieur de sa cuisse et y resta appuyé alors que celui-ci ralentissait son pouce pour effectuer des cercles apaisants et profonds de massage. Tout son corps picota, et ses membres se réchauffèrent.

Karl se pencha et Dan leva les yeux. Leurs fronts se heurtèrent presque, et le souffle de Karl effleura la joue de Dan. Il regarda les pupilles de Karl se serrer, puis s'élargir pour presque masquer les bruns et verts brumeux qu'il avait catalogués dans l'hélicoptère.

— Je pense que tu vas vivre. Je ne sens même pas un hématome se former, dit Karl en esquissant un demi-sourire, tout en continuant à passer son pouce et ses doigts dans les cheveux courts de Dan, presque comme s'il n'était pas conscient de le faire. Heureusement que tu es une tête de mule.

— On peut le dire, dit Dan en clignant des yeux contre la somnolence qui se lovait derrière ses yeux et dans son cœur.

— Oui ?

— Oui ? Mon f... toute ma famille est têtue.

45

Le regard de Karl passa des lèvres et des yeux de Dan jusqu'à l'endroit où leurs jambes étaient encastrées l'une dans l'autre, puis jusqu'à son pouce qui s'était posé sur la tempe de Dan. Il fit un petit bruit, se redressa et étudia la clé dans sa main. Il fronça les sourcils en la tournant plusieurs fois, mais la donna à Dan sans un mot.

Dan la prit avec un hochement de tête distrait, heureux que sa réponse chaud-froid au toucher de Karl ait effacé toute la douleur due au craquement de sa tête. Et il s'inquiétait qu'un geste aussi simple le rende tout confus.

— Je ne voulais pas t'appeler comme ça, mais si tu le revendiques, je ne vais pas discuter, dit Karl en se dirigeant vers la porte et faisant un signe vers le couloir.

— Bon, bon, dit Dan en jetant la clé sur son bureau et fit mine de se lever en prenant soin d'éviter la couchette.

D'habitude, il remettait la clé en place afin de la sécuriser, mais il devait être décontracté. Il agita ses mains dans un geste d'après toi et suivit l'autre homme dans le couloir.

— Et pour répondre, rien.

— Rien, quoi ?

— Me ronge – tu m'as demandé ce qui me ronge, et je réponds rien.

Karl s'arrêta dans le couloir et fronça les sourcils.

— Je t'ai demandé ce qui te rongeait, mais d'accord, dit-il en examinant toute la personne de Dan, ce qu'il avait fait avec plus ou moins d'intention depuis que celui-ci était arrivé, mais il n'insista pas pour en savoir plus.

Dan se précipita par la porte intérieure que Karl tenait afin d'éviter toute autre conversation et il tint la porte extérieure pour son coéquipier.

— Je veux faire un détour par le hangar.

— Bien sûr, acquiesça Dan.

Le vent soufflait de l'océan, et il ferma sa capuche et sa veste.

Karl n'alla pas loin dans le hangar. Il frappa une main sur le mur métallique, et les réverbérations portèrent sur la musique, le bruit des outils et la conversation générale.

— Yaz ! cria Karl en levant le menton.

Le groupe rassemblé autour d'un moteur démonté se disloqua, et Yaz trotta jusqu'à eux. Il essuya l'huile sur sa combinaison et afficha une expression expectative.

— J'ai décidé que je voulais que tu te renseignes sur le bateau.

46

— Oui, je peux le faire, répondit-il, ses lèvres un peu pincées, mais il ne demanda pas les raisons de Karl. Autre chose ?

— Besoin de quelque chose en ville ?

— Non, mais merci.

Yaz fit demi-tour et repartit vers le moteur.

— Je te dirai ça ce soir, lança-t-il.

Karl raccompagna Dan à l'extérieur. Ils se dirigèrent vers sa Jeep, secoués par le vent, l'eau de mer et la pluie croissante. Dan mit son bonnet de laine et se tourna vers son chauffeur, qui portait un sweat-shirt et un pantalon d'uniforme et était apparemment imperméable au froid.

— Je suis juste habitué, dit-il, ses lèvres tressaillant, mais il ne sourit pas vraiment. Tu y arriveras aussi si tu restes dans le coin assez longtemps.

Dan grommela et souhaita avoir des moufles. Une fois dans la Jeep et sur la route, la curiosité et l'envie de parler eurent raison de lui.

— Tu achètes un bateau ?

— Non. Il y en a un qui est peut-être encore dans le coin et sur lequel je veux me renseigner, répondit-il, les jointures de ses mains blanchissant sur le volant, mais son expression restant inchangée. Quelque chose me l'a rappelé récemment.

— Oh, d'accord. Je vois.

Dan ne comprenait pas du tout. Il attendit que Karl en dise plus, et lorsqu'il ne le fit pas, le silence dura trop longtemps pour qu'il puisse l'interrompre avec d'autres questions. Il agita ses mains au-dessus du faible flux d'air chaud qui passait par les bouches d'aération.

— Il ne faisait pas si froid hier. Est-ce que ça change toujours aussi vite ?

— Pas toujours, mais oui généralement. Je ne veux pas dire cela comme une non-réponse, mais il n'y a pas de meilleure façon de le dire, dit-il en secouant la tête. C'est aussi une partie de la raison pour laquelle nous sommes ici.

Dan se tourna vers Karl et ne put s'empêcher de laisser échapper un petit bruit.

— L'Alaska est magnifique, accidenté, énorme, plein de merveilles naturelles. Il est aussi plein de traîtrises difficiles à affronter et d'y survivre dans des conditions parfaites. Ajoute à cela les conditions météorologiques et un océan qui peut se transformer en un clin d'œil, et cela donne du travail pour les gens dans notre secteur de travail.

— C'est logique, acquiesça Dan en refermant ses mains pas vraiment chaudes en poings et les enfonçant sous ses aisselles.

— Des gens se perdent ici sans jamais disparaître, continua Karl en tenant fermement le levier de vitesse et négociant une série de virages en montée. Ça arrive aussi. Il y a beaucoup de façons de se faire dévorer vivant ici.

— Comment ça ?

Karl haussa les épaules, mais son long soupir n'était pas dédaigneux.

— Les choses habituelles – la boisson, la drogue, tout vice facile à obtenir. Mais ce besoin découle généralement des problèmes plus importants qui affligent ceux qui errent ici. Remplir le vide – l'éloignement de tout le reste, l'ennui, l'isolement au point de frôler la folie, le temps implacable, le fait que si peu de lumière du soleil peut être dérangeant pour certains. Je ne veux pas être sinistre et t'effrayer. D'autres s'épanouissent et adorent cet endroit, et ne peuvent pas envisager de vivre ailleurs une fois qu'ils ont l'Alaska dans le sang.

Leurs yeux se rencontrèrent, et Dan sourit à cause du sourire de Karl. Il pensait bêtement qu'il pouvait imaginer – et aimer – avoir un peu d'Alaska dans le sang. Il lécha ses lèvres, tressaillit, mal à l'aise, et se tourna pour regarder par la vitre.

Il observa le paysage de plus en plus familier défiler tandis que la Jeep les entraînait sur la route mal nivelée.

— Peux-tu me déposer à la bibliothèque ? demanda-t-il, une fois qu'ils eurent passé le panneau de bienvenue.

Karl laissa échapper un petit rire et se gara parallèlement à EiderUp. Il tira le frein à main et coupa le moteur.

— Oui. Nous y sommes.

Dan cligna des yeux en regardant le bâtiment, son auvent peint en vert, ses côtés en bardage à clin blanc et son porche affaissé.

— Oh, laissa-t-il échapper tout bas et involontairement.

— Des livres électroniques et audio, et quelques livres de poche sur un présentoir à l'arrière. Viens, je vais te montrer.

Karl défit sa ceinture, pivota et se dirigea vers le magasin en une longue et gracieuse manœuvre.

Les livres électroniques et les livres de poche étaient inutiles pour les besoins de recherche de Dan, mais il entra quand même. Il ne voulait pas utiliser la connexion Internet de la station pour rechercher le manifeste du Fairweather, mais il semblait qu'il devrait le faire. En attendant, il afficha un sourire factice et entra par la porte grinçante que Karl tenait grande ouverte.

Le magasin était plus grand et plus propre qu'il n'y paraissait de l'extérieur, et il s'étendait en arrière et en arrière jusqu'à un mur lointain qu'il ne pouvait voir. Il était également plein à craquer avec des allées étroites et des étagères allant du sol au plafond, remplies de toutes sortes de marchandises, de la nourriture aux articles de pêche en passant par les figurines en porcelaine et les articles de toilette. La partie bureau de poste se trouvait à l'extrémité d'un comptoir en zigzag dont le coin avant était peint en bleu foncé et où un panneau officiel était suspendu à des chaînes.

Au son des cloches suspendues à l'imposte, un mélange de motard et de Paul Bunyan, costaud, barbu et grisonnant, apparut d'une porte voûtée qui reliait une pièce latérale ou un bureau derrière le comptoir.

— Hé, Ratchet. Voici, Dan, dit Karl en s'accoudant au comptoir et faisant un signe entre eux deux. Dan, voici Ratchet. Il possède et dirige le magasin, et il est postier ici.

— Si vous avez besoin d'un truc spécial, venez me voir. Je peux l'avoir moins cher ou meilleur qu'en ligne, dit Ratcher avec un clin d'œil, puis il hocha la tête et lui tendit une main musclée. Bienvenue à la station. Les gars m'ont dit qu'un nouveau était arrivé.

Dan ne grimaça pas lorsque l'étau de la main de l'homme l'enveloppa.

— Merci. C'est bon d'être ici. Je m'en souviendrai.

Il prit un panier dans la pile près de la porte et jeta un coup d'œil.

— Vous avez un sacré emplacement ici.

— Comme tu dis, mon gars, marmonna Ratchet, ce qui fit rire Karl, et ils laissèrent le jeune homme explorer.

Dan était étonné par le volume et la variété de produits disponibles à l'achat. Pour le moment, il n'avait pas besoin de cuissardes en néoprène, de porte-serviettes en papier ou de films en VHS. Il finit par acheter un paquet de gaufrettes à la fraise, une boîte de caramels assez vieille pour que le dessin date probablement des années 80, du dentifrice parce qu'il avait oublié d'en apporter et qu'il en avait assez de voler celui de Karl, et des moufles en laine polaire. Il parcourut le rayonnage de livres de poche usés et écornés de la bibliothèque, mais il n'en prit pas. Il n'était pas près de s'installer confortablement avec un livre.

— Humm, marmonna Dan en posant le panier sur le comptoir et en vérifiant ses poches.

— Vous n'aviez pas l'intention de prendre quelque chose ? demanda Ratchet en levant un doigt.

Il se retourna pour atteindre les casiers alignés sous les vitrines de devant et revint avec un épais cahier.

— Ça arrive chaque fois. Voyons voir… SC Station, Garde-Côte Worth, date d'aujourd'hui, raconta-t-il en écrivant sur une nouvelle feuille de papier ligné.

Dan ne rechigna pas à créer un compte, et il ne demanda pas comment l'homme savait déjà que les autres l'appelaient Worth.

— Vous venez des Lowers [3], alors ?

— Oui. Mais j'ai l'impression que c'est le cas de presque tout le monde ici.

— Même moi, mais ne le dites à personne. J'ai quarante bonnes années derrière moi à prétendre le contraire. Vous avez l'air d'un bon gars. Si Radin vous apprécie, vous devez être à peu près correct. Ne devenez pas fou à cause de la neige ou de la déprime de minuit, d'accord ? dit Ratchet en finissant de tout totaliser avant de tout mettre dans un sac. Ça fait treize dollars. Vous avez les caramels et un tee-shirt, bien sûr.

— Un tee-shirt, bien sûr, dit-il sans le moindre indice. Et je ferai de mon mieux, dit-il en jetant un coup d'œil à Karl, mais celui-ci avait disparu dans les piles de marchandises.

Il regarda le scanner et l'installation radio sur le dessus des étagères, et ça lui donna soudainement une idée.

— Dites, vous pouvez peut-être m'aider pour un truc.

— Allez-y, dit Ratchet qui pliait avec amour un grand tee-shirt avec EiderUp inscrit sur un paysage montagneux et un loup hurlant dans le coin inférieur.

— Eh bien, c'est délicat, dit Dan en écartant ses mains. Je veux en savoir plus sur l'accident – le garde-côte perdu – qui m'a amené ici. Ça semble normal, n'est-ce pas ? Mais c'est difficile de demander ça au poste.

— Je comprends, dit l'homme en déposant le tee-shirt avec révérence dans le sac, et en se tenant debout contre le comptoir. Mauvais partout, mais nous nous en sommes tous sortis. Radin l'a mal pris. Ils l'ont tous fait, mais il est responsable, et toujours une sorte de mère poule, donc double peine. Je sais par expérience que la perte les a surpris. L'équipe a cherché pendant des heures. Certains de nos locaux ont même mis la main à la pâte.

---

3 Les 48 États américains du Sud

Aha.

Dan fit un bruit intéressé.

— Oui, le *Fairweather Friend*. Il est dirigé par un de mes amis, et il a dit le lendemain autour d'un verre que tout le monde avait fait de son mieux, mais que c'était comme si le nageur-sauveteur venait de s'évaporer. Aucune trace.

Ratchet fronça les sourcils, des lignes profondes creusant son front et ses bajoues.

— Ont-ils été obligés de témoigner après avoir assisté à la scène?

— Non. Vous connaissez les gradés. Ils auraient posé des questions par radio ou seraient sortis sous la pluie si besoin était pour traquer les pistes. Mais il n'y en avait aucune à suivre, et le Friend se dirigeant vers le Northy. Il a jeté l'ancre, et les hommes ont été débarqués le soir même.

— Northy.

L'œil de Ratchet brillait d'avoir tant de bonnes informations à partager.

— L'anse a un peu la forme d'un cœur. Si le cœur est l'océan, vous voyez? Votre station est dans la partie pointue – le vee – et les deux côtés sont le nord et le sud.

— Compris, acquiesça Dan, ajoutant quelques sons de satisfaction. Ça m'éclaire sur certaines choses. J'apprécie.

— Je suis heureux de pouvoir aider. J'ai toujours été un ami des gardes-côtes, n'est-ce pas, Radin?

Celui-ci se redressa, à moitié assis sur une pile de cartons de bières.

— Oui, c'est sûr.

Dan se demanda ce que l'autre homme avait bien pu entendre. Peut-être pas beaucoup. Peut-être que cela n'avait pas d'importance. Ce qu'il avait demandé n'était pas vraiment sinistre.

— Avez-vous des Bunny Boots? demanda Ratchet, sa question sortant de nulle part.

— Je suis désolé, quoi?

— Des Bunny Boots, répéta-t-il en secouant tristement la tête. Vous en aurez besoin pour l'hiver. Quelle est votre pointure?

— 45.

— Je vais commander une paire 47. De la place pour des chaussettes superposées, dit Ratchet en notant cela dans le livre pour le compte de Dan.

— As-tu tout ce dont tu as besoin ? demanda Karl en mettant le sac de Dan sous son bras.

— Oui, y compris les Bunny Boots, acquiesça Dan. Ravi de vous avoir rencontré, Ratchet.

— Prenez soin de vous, Worth. Et Radin, je vais ajouter de nouveaux ebooks de Grisham à la bibliothèque le mois prochain, dit Ratchet, appuyant sur le e afin qu'il soit nasal et pointu. J'ai pensé qu'il était temps d'en ajouter, puisque tu as lu les autres deux fois.

— Super. Je suis impatient de les lire deux fois. Mets ça sur mon compte, dit Karl en agitant une main tenant quelques barres chocolatées avant d'ouvrir la porte afin que Dan puisse sortir. Sois sage, Ratchet.

Le rire grondant de l'homme les poursuivit dans le parking.

— C'est un sacré personnage, dit Dan lorsqu'ils furent hors de la ville et sous une pluie battante.

— Il l'est. Et le maire de la ville. C'est un homme bien. Mais il prétend aussi qu'il peut tuer un homme avec un fichu trombone, alors sois sympa.

— Maire – bien sûr qu'il l'est – dit Dan en cassant le minuscule cintre en plastique des moufles et les enfilant. Penses-tu qu'il le peut ?

— Veux-tu en prendre le risque ? Toi d'abord.

— Tu marques le point, répliqua Dan en se tournant sur le siège et faisant face à Karl. Et dis-moi, s'il te plaît, que sont des Bunny Boots ? Je m'imagine des pantoufles de lapin avec les oreilles et les yeux globuleux, mais pas des galoches.

Karl rit, et il y avait ce sourire de nouveau. Une chaleur joyeuse éclata dans la poitrine de Dan.

— Des bottes pour temps très froid. Pas de visages mignons. Désolé. Mais elles sont faites en caoutchouc, expliqua-t-il, son sourire devenant rusé. Si Ratchet t'en commande des blanches, je dessinerai un lapin dessus au marqueur.

Le rire jaillit de Dan, et il se concentra sur la lèvre inférieure de Karl, qui était douce, pleine et moelleuse. Invitante. Il déglutit fortement et regarda à nouveau devant lui.

La pluie giclait sur les vitres, et les essuie-glaces de la Jeep peinaient à suivre le rythme. Dan supposa que Karl les gardait sur la route, parce qu'il la connaissait par cœur et au feeling, car il ne voyait rien.

— Juste pour que tu saches, tu peux me poser des questions à propos de l'incident, dit Karl qui grimaçait face au pare-brise aveuglé, son sourire disparut. L'accident. La perte de Neal.

— Oh, je… je… dit Dan en gigotant avant de fermer son clapet afin d'éviter de bégayer. Je n'ai pas de questions, mais merci.

C'était bizarre d'entendre son frère se faire appeler Neal, un nom de famille auquel il n'avait pas pensé depuis des décennies.

Karl lui jeta un regard de travers, et sa mâchoire se tendit, mais il hocha la tête. Dan n'avait pas eu le temps de dire qu'il était désolé et qu'il avait des tonnes de questions – toutes au sujet d'Axe – quand la Jeep s'engagea dans une ornière qui les bouscula dans un silence concentré alors que Karl luttait contre le volant.

La pluie diminua, et la route apparut. La station était juste après le virage, et ils roulèrent sous un rayon de soleil.

— Mouvement rapide, commenta Dan en regardant le front arrière de la tempête se recourber et se diriger vers le sud.

Karl ne répondit pas, mais il tendit la main, se pencha sur Dan et ouvrit la portière. Il passa la main sur le siège arrière et attrapa le sac du jeune homme.

Dan l'attrapa par le milieu d'un geste défensif.

— J'arrive tout de suite, dit l'autre homme, et il referma la portière devant Dan.

Ce dernier frotta l'arête de son nez et décida qu'il ne devait pas rester dehors à attendre. Il était presque temps de se préparer pour le service de toute façon, et il se dirigea vers leur chambre.

Ses gaufrettes étaient presque en miettes après avoir été malmenées, et les moufles lui tenaient trop chaud. Il les poussa sous son matelas avec une violence inutile.

Karl n'était pas revenu avant qu'il se soit changé, et ils ne se croisèrent pas dans le couloir alors qu'il se dirigeait vers le mess pour déjeuner et boire plusieurs litres de café.

— Radin ?

Dan se redressa lorsqu'il entendait la voix de Yaz. Il avait un mauvais angle de vue sur le hall d'entrée, mais il pouvait juste distinguer Yaz près de la porte et Karl venant du couloir qui menait au bureau de Curtis.

— Oui ? dit-il en s'arrêtant sur le chemin de ses quartiers.

— Tu avais raison de dire que Neal avait un bateau. Il est toujours attaché et verrouillé.

Verrouillé. Dan cligna des yeux. Il repensa à la clé de cadenas qui n'était pas celle de la cabane et aux marques nautiques qu'il avait ignorées comme un logo et sans importance.

— Sais-tu où ?

— Sans blague, répliqua Yaz en s'avançant pour rejoindre son collègue, les poussant vers le couloir et laissant sa main dans le dos de Karl.

Dan se tendit. Il s'efforça d'entendre la suite, mais rien d'autre ne fut dit. Au moins, cela lui donnait une autre piste, quelque chose d'autre pour continuer. Et parler avec Ridge avait fait plus que lui apporter une aide technique. Cela lui avait permis de prendre conscience qu'il ne soupçonnait plus Karl ou ne le détestait plus pour quoi que ce soit.

Ses sentiments allaient dans une direction bien différente.

KARL inclina sa chaise de bureau afin d'observer Dan du coin de l'œil, et le jeune homme lui jeta un coup d'œil en se carrant dans son fauteuil. Il ne réagit pas à l'attention de Dan et ne s'arrêta pas de taper et de cliquer efficacement comme s'il faisait un vrai travail au lieu de parcourir des sites Web de matériel de camping. Dan avait écouté sa conversation avec Yaz, et il s'était présenté dans leur chambre peu de temps après, essayant de paraître nonchalant.

Yaz était déjà parti, et Karl avait perçu l'agacement rapidement caché de Dan.

Depuis lors, ils se tenaient tranquillement compagnie, et Karl ne pouvait pas manquer de remarquer à quel point ils étaient déjà compatibles. Ils allaient bien ensemble. Ils se mettaient tacitement d'accord sur la bonne musique ou préféraient le silence et respectaient l'espace de l'autre sans chichis. C'était semblable à leur façon de travailler ensemble. Effectuer des sauvetages et des tâches quotidiennes et, apparemment, respirer le même air que Dan était une adéquation naturelle.

De plus, il appréciait vraiment Dan, malgré ses doutes, sa curiosité et son attirance pour lui. Ils appréciaient le sens de l'humour de l'autre, et Dan s'accommodait facilement de ses pics de colère. Il était apaisant et tolérant, mais n'était jamais un paillasson, et Karl ramenait Dan à l'ordre et le recentrait si nécessaire.

Il pouvait voir que le jeune homme l'appréciait en retour, mais il espérait bêtement plus et se maudissait pour cela. Il pouvait aussi voir que Dan nourrissait des soupçons et avait des questions. Il voulait l'aider, mais il ne savait pas par où commencer, et Dan refusait de s'ouvrir pour demander, alors il observait, attendait et priait pour que ce qui se passait ne ruine pas la bonne et fragile relation qu'ils semblaient avoir.

Dan avait étalé une carte sur son bureau et posé un carnet à son coude. Il se détendit lorsque Karl resta silencieux et retourna à ce sur quoi il travaillait.

Karl regarda Dan réécrire en caractères d'imprimerie une liste d'une page déchirée, la complétant de points noirs. Il savait ce qu'était la carte sans avoir à s'en approcher. Le littoral de la crique était immanquable. Dan avait marqué un endroit dans les montagnes après Eider, et une série de flèches menait de la station à l'eau.

Il était tenté de faire une blague sur le besoin d'un tableau d'affichage et d'une ficelle rouge lorsque Dan se retourna et pointa la carte.

— J'ai lu qu'à l'époque de la construction de la station, notre petite péninsule faisait presque le double de sa largeur actuelle. Puis, des hivers très rigoureux, des tempêtes et l'érosion glaciaire en ont précipité la moitié dans la mer, dit Dan en indiquant un point sur la carte et dessinant une petite ligne courbe au nord de la station.

— Oui, c'est ça.

Ce n'était pas ce que Karl s'attendait à entendre.

Karl essaya de ne pas fixer l'étendue de peau lisse et de muscles exposés là où le tee-shirt de Dan se soulevait et où son short s'affaissait, mais il catalogua chaque détail – la peau pâle rougie par la chaleur, les cheveux marron clair, une traînée alléchante partant de son nombril pour disparaître sous son short et mettre l'accent de façon silencieuse et éloquente, et les abdominaux puissants qui se contractaient lorsqu'il bougeait.

Karl s'imagina poser ses mains à plat contre ces abdominaux, et il pouvait presque sentir la traînée rugueuse des poils sous ses doigts. Il rougit et lut les caractéristiques d'une tente deux places tout temps, comme s'il allait être interrogé à ce sujet.

— Dois-je m'inquiéter? dit Dan en regardant par la fenêtre rectangulaire entre leurs couchettes.

— Pas avant un an, au moins, répondit Karl en souriant à la grimace inquiète de son collègue. Il y a une fente dans la roche, et le temps a fini par l'atteindre suffisamment pour l'ouvrir complètement. Ce n'est pas tout à fait aussi dramatique que l'hiver qui arrache la moitié du sol – ce sont plutôt des soulèvements monstrueux de gel qui l'ont forcé. Si tu longes la côte ou si tu la survoles, tu peux facilement voir la fente. Et voir que c'est stable après ce point.

— Ce point étant le côté où nous sommes?

— Oui, exactement. Donc tu n'as pas à t'inquiéter. Nous sommes bons pour au moins un autre siècle.

— Eh bien, d'accord, je suppose. Si tu le dis.

— Je le dis.

— Tu es un peu autoritaire, sais-tu ça ?

— Oui, répliqua Karl en souriant. Mais tu apprécies ça.

Il n'avait pas l'intention de rendre sa voix rugueuse ou de laisser son regard dériver vers le soupçon de peau qui apparaissait encore à la taille de Dan, mais il le fit.

Dan grogna, mais une lueur chaude et affamée brilla dans ses yeux avant qu'il ne regarde à nouveau dehors.

— Oh, hé, un arc-en-ciel, s'exclama-t-il en faisant signe à Karl de venir.

Celui-ci arqua seulement un sourcil.

— Mec, vraiment, viens voir. Je ne me moque pas de toi, dit Dan en saisissant le bras de son collègue et le tirant debout.

Puis il l'accompagna jusqu'à la fenêtre, se plaça derrière lui et pointa l'arc-en-ciel du doigt.

— Il est environ quatorze heures, et il y a un peu de lumière.

Karl pensait qu'il y en aurait un dans le ciel, mais au lieu de cela, il se détachait des nuages pour rencontrer l'eau en un demi-cercle brillant.

— Tu vois ? dit Dan en se tournant pour s'assurer que Karl l'avait vu alors que celui-ci se retournait pour lui dire qu'il l'avait vu.

Son nez traîna sur la joue de Dan, et le jeune homme lécha ses lèvres.

— Joli, n'est-ce pas ?

— Magnifique. Merci de me l'avoir montré, dit Karl, en le pensant vraiment.

Il prit une profonde inspiration avant de continuer.

— Je vais prendre un café. En veux-tu ?

Il n'en voulait pas vraiment, mais il devait sortir de là, et le café lui fournissait une bonne raison de s'enfuir.

— Ça me semble bien, dit Dan en retirant sa main du dos de Karl, puis s'asseyant à nouveau.

Il regarda de sous ses cils pendant que Karl prenait ses affaires.

Celui-ci frissonna – l'endroit de son dos était glacé, et il n'avait même pas réalisé que Dan le touchait – et grogna sa reconnaissance. Il laissa Dan s'occuper de la carte et de la liste de points et sortit pour faire plusieurs fois le tour de la station. Il avait besoin d'air frais et de distance avant de prendre un café ou de s'approcher à nouveau de Dan.

Mais une partie de lui savait qu'il était trop tard.

Foutu gamin.

CHAPITRE CINQ

— **COMBIEN** de fois par an as-tu dit que vous faisiez ça ? demanda Dan en s'arrêtant de frotter les bulles de peinture et la rouille sur la longue balustrade qui reliait la maison de la station au quai.

— Autant de fois que nécessaire, répondit Karl sans arrêter sa brosse métallique ni regarder en arrière.

— Oui, bien sûr, répondit Dan en levant les yeux à l'attention de Marcum avant de retourner à son brossage.

En fait, il aimait les travaux de réparation et s'occuper avec ses mains, mais l'acuité presque méfiante de Karl lui tapait sur les nerfs.

Ils formaient l'avant-garde de l'équipe de maintenance du jour avec d'autres membres de l'atelier. Derrière eux, Trask soudait par points les points faibles, et Scobey et Lang suivaient pour repeindre avec une épaisse boue noire qui durait probablement vingt ans dans d'autres environnements.

Il n'avait pas eu le temps d'enquêter sur le bateau d'Axe – dont on ignorait encore l'emplacement – et il ne se sentait pas à l'aise pour demander autour de lui. Mais il avait passé plusieurs heures tôt le matin à étudier les cartes afin de comparer le site de l'épave et le trajet du Fairweather dans la crique. Il faisait de son mieux pour capter les conversations sur la région, apprendre des histoires de pêcheurs sur des opérations de sauvetage passées et s'intégrer à la station. Sinon, il ignorait Karl, parce qu'il pensait trop à l'homme, dans tous les mauvais sens du terme.

Dan travailla jusqu'à l'extrémité du rail où il se connectait au quai flottant. Puis il laissa tomber sa brosse et se redressa en gémissant.

Un de leurs bateaux d'intervention en manœuvre s'approchait de la crique depuis l'océan. Il estima la distance et les conditions. Il pensa qu'il était à peu près à la même distance d'eux que le *Fairweather* lorsqu'il avait dépassé l'épave. Le temps n'avait rien à voir avec ce qu'il était lorsqu'Axe avait coulé, mais s'il l'avait été, il ne s'en serait sorti qu'avec l'impulsion soudaine qui lui venait.

Il ôta ses bottes et se déshabilla jusqu'à son caleçon et son débardeur.

— Surveille ça, veux-tu ? demanda-t-il à Marcum, qui le regarda comme s'il était fou.

Il l'était, et cela pouvait lui attirer beaucoup d'ennuis, mais il allait le faire quand même.

— Euh, Worth, à quoi penses-tu là ?

— Tu connais le surf de rue ? Quand les skateurs attrapent des pare-chocs et se font tirer ? Mon frère et moi avions l'habitude de faire ça dans notre enfance. Avec des bateaux.

Axe était peut-être un nageur encore plus fort que Dan, et ce dernier était parmi les meilleurs. Il le savait sans aucun ego. C'était simplement vrai et prouvé de nombreuses fois dans les bases et en service.

Donc, s'il pouvait le faire, et bien. Cela pourrait signifier beaucoup, mais il devait d'abord voir s'il pouvait le faire.

— Comment se fait-il que tu ne sois pas encore mort ? demanda Lang qui fronçait les sourcils en le regardant.

La question le frappa durement, et une sensation horrible et triste le traversa. Il avait fait le deuil d'Axe, mais dans l'abstrait. Les années qu'ils avaient passé séparés avaient créé une distance émotionnelle, l'accident et ses conséquences irréconciliables l'avaient distrait, et le fait de ne pas avoir de corps à enterrer lui avait donné l'impression que c'était définitif. Être à Staggered Cove rendait cela plus réel, et il se sentait plus proche d'Axe qu'il ne l'avait été depuis longtemps, même s'il avait suivi les traces de son grand frère lorsqu'il avait décidé de devenir aussi un garde-côte. Mais l'équipe ici désarmait sa colère, alors sa perte remontait à la surface et le démangeait juste sous la peau. Les indices qu'il avait découverts pointaient vers un mystère du côté d'Axe, et non vers une quelconque couverture d'un dérapage, et cela rendait sa loyauté confuse.

— Dan ? dit Karl, prévenant plus qu'il ne demandait.

Il afficha un sourire diabolique et se tordit d'un côté à l'autre pour se préparer.

— Curtis est du genre à tuer, ou à faire nettoyer la salle de bains avec une brosse à dents ?

Il sourit plus largement pour cacher le fait que son cœur avait raté un battement, puis il plongea dans l'océan sans attendre de réponse.

Le froid glacial lui coupa le souffle, mais il s'y attendait. L'entraînement prit le dessus, et il se déplaça automatiquement, donnant des coups de pied et faisant des mouvements de bras jusqu'à ce qu'il trouve son rythme. Puis il commença à se frayer un chemin vers le bateau. Les vagues le poussaient plus loin qu'il ne l'avait prévu, mais il s'accrocha et, à mesure qu'il s'éloignait du rivage, elles se stabilisèrent et lui permirent de nager de façon plus stable et plus forte.

Il pourrait y avoir plus qu'un devoir de brosse à dents. Il pourrait se faire démolir. Pire encore, il existait beaucoup de raisons pour ne pas le faire, mais il devait prendre le risque. Curtis dirigeait son navire d'une main serrée, mais impartiale, et les farces arrivaient, alors il décida de croire que l'homme ne le démolirait pas pour cela.

Tant qu'il n'avait pas de crampes nécessitant des secours.

Il était plus inquiet pour Karl. Son collègue n'était pas un farceur ou quelque chose de mieux que sérieux. Il espérait que cela ne rendrait pas Karl méfiant, ou pire, qu'il perdrait complètement son respect.

Cette pensée l'écrasa, mais il n'eut pas le luxe d'examiner pourquoi. Il éteignit ses synapses affolées et se concentra sur la nage et le rythme de ses mouvements alors qu'il luttait contre le froid et les courants. L'esprit libre, son corps affichait une maîtrise naturelle et machinale de l'eau.

Il vérifiait sa progression et sa trajectoire et chronométrait ses coups. À mi-chemin, le bateau se tourna vers lui. Dan était dans son élément et il réagit avec confiance et clarté. Son cœur pompait, et il avait besoin de beaucoup d'air, mais sa force ne faiblissait pas. Le triomphe l'envahit à mesure qu'il s'approchait, et il savait qu'il y arriverait sans problème.

Dan nagea à bâbord, s'agrippa aux saillies et se hissa. Des mains l'attrapèrent et l'aidèrent à se hisser sur le pont.

— Hiya, haleta-t-il avec un sourire.

King était l'officier supérieur responsable. Il était le reflet de Curtis, avec son physique robuste, son visage en forme de nœud noué autour de ses yeux de fouine et sa chevelure blanche qui descendait le long de ses tempes en formant des favoris qui rejoignaient presque sa moustache encore rousse.

Il descendit du pont et se tint debout, les mains sur ses hanches, en face de Dan.

— Voulez-vous expliquer cela, crétin ?

— J'avais besoin d'un transport, répondit Dan en attrapant la serviette que quelqu'un lui jetait avant de s'essuyer.

Il l'enroula autour de ses épaules et fit une grimace, l'air de rien.

— J'aimerais seulement pouvoir être encore surpris à ce stade de ma carrière, gronda King, ses narines se dilatant, puis il pointa la cabine du doigt.

— Entrez là-dedans pour ne pas mourir d'exposition au froid devant moi. Et ne vous égouttez pas sur quoi que ce soit.

Il secoua la tête et marmonna sur les nageurs fous et le fait de supporter leurs conneries de chiens fous pendant trop d'années.

Dan perdait sa chaleur corporelle, et de violents frissons le secouèrent. Il noua la serviette autour de sa taille, retira son débardeur et sortit de son caleçon trempé. La cabine ressemblait à une fournaise comparée à l'eau et au vent sur sa peau mouillée et nue, mais il rentra tout de même ses bras et se plia en deux pour conserver la chaleur.

— Tu ne mérites pas ça, mais tiens.

Les équipages de bateaux et d'hélicoptères ne se côtoyaient pas souvent, mais Dan reconnut Fields à son enthousiasme sur la course d'obstacles dans la cour. Son attitude sans merci lui permettait de battre les autres d'un kilomètre la plupart du temps.

Elle poussa un café dans ses mains, mais le gratifia d'un joli sourire, ses yeux bleu pâle pétillants. Elle agita ensuite un doigt.

— Alors, suis-je mort ? Tout à fait mort ?

— Vu les circonstances, je pense que Curtis décidera qu'il ne peut pas faire pire que de te faire nager cette distance dans cette eau froide, mais tu auras quand même un devoir merdique à effectuer, répondit-elle en haussant les épaules. Je pense aussi qu'après t'avoir donné son avis sur la sécurité, la responsabilité et les risques injustes que tes actions ont fait courir à toute la station, il fermera la porte et rira. Pas aux éclats, bien sûr, mais avec un de ces rires bas, « j'ai été ce crétin, autrefois ».

Fields travaillait depuis des années à la station, donc Dan pensait qu'elle savait. Il leva sa main vers le ciel.

— Félicitations pour avoir survécu sans avoir besoin d'intervenir. Bien sûr, si tu avais eu des crampes et avais failli te noyer, nous pourrions tous nous sentir mal pour toi en plus d'être énervés, dit-elle en plongeant une main dans un bac supérieur avant de lui jeter une autre serviette. Bonne chance.

Dan vérifia l'heure. C'était faisable dans la fenêtre de temps qu'il avait calculée. Il finit son café et sécha la ligne humide le long de sa colonne vertébrale, se frotta les cheveux, puis passa la serviette entre ses orteils. Le bateau s'approcha du quai, et il n'attendit pas qu'on l'invite à descendre à terre. Il prit ses vêtements et se hissa sur la rampe pendant que Marcum stabilisait son saut vers le quai.

Tout le monde avait arrêté de travailler pour le regarder nager, et ils éclatèrent en huées et applaudissements. Dan s'inclina rapidement et accepta leurs remarques tout en ignorant que Karl continuait à peindre.

— Bon sang, fils. Tu nous as offert un sacré spectacle, s'exclama Trask en secouant la tête. Ravi de t'avoir connu. Tu es attendu à l'intérieur.

Dan joua la carte de la légèreté et les laissa le taquiner et le bousculer pendant qu'il remontait le quai. Ses jambes et ses bras étaient comme de la gelée, et ses abdominaux et son dos protestaient de fatigue. Mais il avait réussi. Bennett et Jameson observèrent sa progression vers l'entrée attenante, mais leurs sourires faciles le rassurèrent sur le fait que personne n'était super énervé à ce sujet. Il ne voulait pas être mis à l'écart de la station, mais son estomac se retournait à l'idée qu'il avait probablement mis à l'écart la seule personne qu'il ne voulait pas.

Il enroula ses vêtements trempés dans la serviette autour de son cou et frappa à la porte ouverte de Curtis.

Celui-ci grogna, lui fit signe d'entrer et fixa Dan d'un regard implacable. Le jeune homme pouvait presque entendre le « je ne suis pas en colère, je suis juste déçu » qu'il transmettait.

— Bien. Nous savons tous ce que vous pouvez faire maintenant, dit Curtis en arquant un sourcil.

— Oui, monsieur.

— Je vous ai vu en action, et vous vous êtes amusé.

Dan résista à l'envie de lécher ses lèvres ou de remuer.

— Oui, monsieur.

— Donc, je dirais que nous n'avons pas besoin d'une autre démonstration de ce genre. Vous êtes d'accord ?

— Oui, monsieur.

— Ça ne vous ressemble pas, Farnsworth. Oui, vous vous êtes un peu amusé, comme tout le monde, mais là, vous avez pris un risque inutile. Vos actions ont pesé sur la station et mon équipe, pas seulement sur vous. Et vous le savez. J'espère que j'ai raison sur ce point.

— Mon grand-père était dans la marine. Il aimait me raconter que lorsque tout était calme sur le navire, les garçons se jetaient à l'eau et se baignaient, profitaient un peu de l'eau, dit Dan en piétinant. C'était inspirant.

— Puisque je pense que nous sommes d'accord qu'il n'y a pas de justification, épargnez-moi, dit Curtis en pinçant ses lèvres. Je n'ai pas envie d'impliquer la discipline, mais vous allez apprécier bien plus que l'eau pendant un moment.

— Oui, monsieur, répondit-il sans laisser paraître son soulagement.

— Et si vous refaites quelque chose d'à moitié aussi stupide, je vous descends deux fois plus que je le devrais pour ça. Est-ce compris ?

— Clair et net, monsieur.

Dan détestait cela. Curtis avait raison de dire qu'il avait la réputation de faire des bêtises, mais il ne s'agissait que de farces et attrapes.

— Merci, monsieur.

Il regarda la flaque qu'il avait fait couler sur le sol et grimaça.

— Réchauffez-vous et buvez un peu, dit son patron en lui faisant signe de partir. En ce qui me concerne, vous êtes toujours en service. Vérifiez le tableau de service dans une heure pour toutes vos nouvelles affectations. Et fermez la porte derrière vous.

— Monsieur, salua Dan.

Il entendit le rire bas et sec de Curtis lorsque la porte se referma. Il ne s'autorisa pas à l'apprécier.

D'accord. Il n'était donc pas mort, ni sa place ici ni sa carrière. Mais il devait faire face à la plausibilité réelle d'une théorie qui trottait dans sa tête. Et Karl.

— Waouh, tu es un sacré chanceux, siffla Bennett.

Jameson et lui n'avaient pas bougé.

— Nous nous sommes arrangés pour savoir de qui vous ferez la lessive en premier. J'aime que mes chemises soient pliées au détail près, les manches bien perpendiculaires, puis parallèles, dit Jameson en lui tendant une feuille de papier. Nous avons fait un planning. Ça vous aidera un peu.

Dan parcourut la liste – tous ceux qui vivaient à la station, plusieurs par jour pendant le mois suivant. Il rit. Il pourrait bien finir par devoir le faire, et il n'allait pas s'en plaindre.

— Quoi, pas de tableau ?

— Je vous en donnerai un, oh – à cinq heures demain matin, dit Jameson, pince-sans-rire.

— Parfait. Venez me chercher dans les douches. Je serai en train de nettoyer les joints avec un coton-tige.

— Sacrée baignade, Worth, dit Jameson en secouant la tête. Entre nous, je suis content que vous soyez dans l'équipe.

— Hé, merci. Je suis content d'être ici, affirma Dan, se rendant compte qu'il le pensait, malgré ce qui l'amenait.

Il prit deux boissons énergétiques et une poignée de barres protéinées au mess, et se rendit dans sa chambre. Ce serait vraiment bien d'être au sec, de se changer et de retourner au travail dès que possible, loin de Karl. Alors, bien sûr, il entra et trouva Karl en train de grimacer au milieu de sa chambre.

Ils s'affrontèrent dans un silence tendu, et Dan prit soudain conscience de sa quasi-nudité. La serviette à sa taille était fendue jusqu'à la cuisse et couvrait à peine tout. Il n'avait ni honte ni pudeur.

Des années passées à se changer sur la plage ou à l'arrière de sa voiture pour surfer et nager l'avaient habitué à cela, et tout ce qui aurait pu lui rester avait disparu dans la Garde. Mais se tenir sous le regard de Karl, exposé de tant de façons, le retournait complètement.

Comme pour souligner sa vulnérabilité, le regard de Karl tomba sur ses pieds nus, s'attarda à sa taille et remonta lentement. Des démangeaisons et une traînée de chaleur coururent sur la peau de Dan, qui était déjà irritée par l'eau froide et le sel séché. Son cuir chevelu picotait et la chaleur s'accumulait dans son ventre, suintant jusqu'à son aine.

La mâchoire de l'homme se contracta, et quelque chose que Dan n'arrivait pas à cerner brillait dans ses yeux.

— C'était quoi cette putain de cascade ?

Pendant un instant, Dan faillit tout dire à Karl. Il combattit l'impulsion et se força à sourire à la place.

— Ce n'est pas grand-chose, voilà ce que c'est.

Dan était assez grand pour passer devant Karl et jeter les affaires mouillées dans son panier à linge. Sa poitrine effleura l'épaule de Karl, et sa bouche s'assécha.

— Je suis sûr que Curtis était d'accord avec cette évaluation merdique.

Dan ramassa ses affaires de douche et les laissa retomber.

— Tu sais qu'il n'était pas d'accord. Mais peu importe. C'était juste un amusement, et il n'y a pas eu de mal.

Karl le tira en arrière et sa poigne chaude s'enfonça dans le bras de Dan, et de l'électricité en jaillit. Des lignes blanches encadraient la bouche de Karl.

— Je n'aurais pas aimé voir si cela avait fait du mal.

L'émotion monta et se fraya un chemin à travers les sens de Dan — espoir, exaltation, et quelque chose de plus qu'il ne pouvait pas nommer, mais qu'il ressentait jusqu'au plus profond de lui-même en regardant les lèvres de Karl et la couleur sombre de ses yeux. Ils étaient déjà proches, mais cela l'amena à se rapprocher jusqu'à ce que l'expiration furieuse de l'autre homme chatouille sa peau.

— De l'eau à peine à température pour survivre et une bourrasque à venir. Oublie cette stupide fanfaronnade. Tu aurais pu…

Karl secoua la tête, semblant avoir perdu les mots. Il fixa Dan anxieusement.

— Hé, je vais bien. C'est bon.

Dan détendit son bras pour tourner dans la prise de Karl et attrapa son coude avec sa main.

Karl fléchit sa main, et Dan se pencha un peu pour glisser sa main sur l'épaule de Karl et le serrer. Il trembla au contact – Karl aussi, peut-être – la chaleur entre eux était palpable sur sa chair. L'excitation qu'il s'efforçait obstinément d'ignorer se mêlait à cette chaleur, et pudeur ou pas, il devrait bientôt mettre autre chose, sinon la serviette presque inexistante le trahirait.

— Inutile de chercher midi à quatorze heures. Je vais bien et j'ai eu les tâches de merde que je mérite comme punition. Tout le monde s'est bien marré. C'est fini.

— Inutile ?

Les yeux de Karl crachèrent du feu, et il secoua Dan. Cette lueur indéfinissable dans ses yeux revint et repartit, et il recula.

— Et si nous avions dû nous porter à ton secours ? Et si tu nous avais mis en danger ? Et s'il y avait eu une autre urgence quelque part et que nous ne pouvions pas nous y rendre rapidement, parce que nous étions coincés à sauver tes fesses d'idiot ?

Les accusations de Karl envahirent Dan, plus froides que l'eau qu'il venait d'endurer, et le glacèrent jusqu'à la moelle. Il se redressa et se libéra de l'emprise de l'homme.

— Ha-ha, waouh, dit Dan, l'air amer. Pendant une minute, j'ai cru que tu étais inquiet pour moi.

Il esquiva la main tendue de Karl alors que quelque chose durcissait en lui, et il fléchit ses biceps.

— Mais hé, pas besoin. Je l'ai fait. Facile.

— Facile ? Putain de merde. Ce n'est pas…

Karl n'eut pas la chance de finir.

65

Dan se mit en action au son de l'alarme, il attrapa son équipement et courut vers le vestiaire sans même remarquer que la serviette était tombée quelque part dans le couloir. Il enfouit dans son esprit la confrontation avec Karl et son agitation dans son esprit, et se dit qu'il était soulagé et heureux de ne pas avoir à entendre ce que son collègue allait dire.

KARL scanna le rivage du regard. Les kayaks de mer n'étaient pas sur la courte liste des cibles faciles à repérer. Ils étaient comme des nageurs sans aucun équipement de sécurité ou d'identification, au milieu de ce fichu stupide océan, flottant dans de minuscules coquilles fragiles.

Il montra les dents et serra les poings pour canaliser une pointe de colère. Il sentit le regard de Dan sur lui. Il lui jeta un coup d'œil, fit un geste vers l'eau et essaya d'entraîner ses pensées à la rescousse.

Lorsque Dan avait réalisé sa cascade et plongé du quai, il avait juré, mais avait été incapable de bouger ou de détourner les yeux. Il avait craint que, s'il le faisait, Dan faiblisse, coule et se noie. Les autres avaient hué et hurlé, et Trask avait couru à l'intérieur afin de chercher des jumelles et du matériel – les jumelles pour les passer, le matériel juste au cas où.

Karl ne se souvenait pas de la dernière fois où il avait été si en colère. Tout le monde connaissait et respectait son tempérament, qui brûlait et s'épuisait rapidement, mais là, c'était une brûlure lente et fulgurante qui grondait encore dans son estomac.

L'attitude et l'arrogance du jeune homme n'avaient fait qu'aiguiser sa fureur, tout comme son soulagement lorsque l'équipage l'avait hissé sur le bateau et avait signalé que tout allait bien. Puis la vue de Dan dans cette serviette ridicule lui avait fait oublier sa colère et à peu près tout le reste.

Il avait vu Dan nu et n'avait pas pu résister à la tentation de le regarder. Il aimait ce qu'il avait vu. Il pouvait apprécier la musculature de Dan, ses jambes légèrement arquées, sa pilosité légère et les fossettes de ses fesses. Il n'avait pas besoin de se mettre à faire le malin ou de se laisser distraire autrement.

Mais quelque chose avait changé dans leur chambre à ce moment-là, entre sa colère, la bravade de Dan et cette serviette trop petite qui lui avait donné envie de l'arracher et d'exposer Dan, de l'embrasser de manière insensée, et de remplir ses mains de courbes dures et de peau froide. Atteindre ce que celle-ci cachait.

— Qu'est-ce que c'est? Entre deux et trois, dit la voix de Scobey, crépitant dans le micro.

Karl se replongea dans le moment présent. Il écarquilla les yeux, prit une profonde inspiration et chassa l'image de Dan, nu et serré si près que leurs chaleurs corporelles se mêlaient.

Il s'accroupit pour regarder par la porte dans la direction indiquée par Scobey. Deux minuscules points colorés flottaient sur l'eau. Il attrapa les jumelles et les retrouva. Les points indistincts devinrent une forme en feuille de saule pointue avec des appendices ondulants.

— Bonne vue, Scobey, confirma Karl. Et ils nous ont vus.

— Reçu. Nous nous dirigeons vers eux. Cove, nous avons repéré les kayakistes à la dérive.

Lang inclina l'hélicoptère contre le vent avec une précision facile et s'approcha à basse altitude.

Jameson confirma leurs coordonnées et relaya les mises à jour pour Lang. Karl prépara la nacelle de sauvetage, vérifia tout et regarda Heber, puis Dan. Les deux levèrent le pouce.

Karl vérifia trois fois que sa ligne de vie était bien attachée et se percha sur le pont pour garder un œil optimal sur les kayakistes. Il avait l'habitude de mesurer la distance en se servant de ses pieds pour déterminer la taille relative, une échelle absurde qu'il avait développée au fil des années de sauvetage, et il gardait les kayakistes encadrés dans le voile de ses bottes pendantes.

L'hélicoptère manœuvra, il annonça de petites corrections et aida Scobey à garder le cap sur les petites embarcations qui étaient ballottées et changeaient de position dans l'eau.

Le littoral était visible de là, mais de façon trompeuse. Ces kayakistes avaient été aspirés en pleine mer par un des mauvais courants en spirale qui serpentaient le long de la côte déchiquetée et à travers les récifs rocheux invisibles, loin sous la surface. Ils n'avaient pas pu lutter contre le courant, bien qu'ils aient apparemment essayé pendant des heures. Quand le gros temps s'était approché à l'ouest, ils avaient finalement lancé un SOS. Karl les prenait pour des touristes amateurs de sports d'aventure. Les locaux ne faisaient généralement pas de kayak sur ce tronçon difficile, et s'ils le faisaient, ils savaient qu'il fallait pagayer très loin et durement en allant vers le nord, au-delà des déferlantes qui alimentaient le courant.

Ils cessèrent de faire signe, et Karl vit leur épuisement. Il était temps de les mettre en sécurité.

— Nous sommes prêts.

— Reçu. Nous sommes en attente.

Lang continua à parler à voix basse pendant que l'équipe de secours se mettait en place.

Dan se cala à côté de Karl et s'accrocha aux poignées pendant que son collègue le fixait au treuil. Il fit un signe de tête, se tourna, s'approcha du bord du pont et tenta de se dégager de l'hélicoptère.

Karl donna un coup de genou dans le côté de Dan et attrapa son bras, et le jeune homme arqua ses sourcils.

— Ils ne voudront probablement pas abandonner les kayaks, mais ils devront le faire. Les couleurs ont l'air personnalisées – probablement traînés ici d'on ne sait où.

— Évaluation médicale d'abord, diplomatie ensuite, sauvetage en dernier, acquiesça Dan.

Il sourit au petit rire de Karl et lui tapota la jambe.

— Compris.

Karl le laissa partir et guida la ligne pendant qu'il le descendait dans l'eau.

— Éclairs visibles de nuage à nuage au sud-ouest. Le vent commence à se lever, dit Scobey, énumérant les conditions actuelles.

Mais Karl ne quittait pas Dan et les kayakistes des yeux. Il pourrait y avoir une tempête à venir ou beaucoup de problèmes en mer.

— Contact établi. Deux kayakistes hommes, tous deux conscients. Exposition légère, déshydratation, un est brûlé par le soleil, signala Dan après quelques gestes rapides. Les conditions ne sont pas favorables pour la nacelle ici, et ces hommes sont en assez bonne forme pour tenir le coup. Je reste attaché et je les sécurise avec des mousquetons.

— Reçu.

Karl était responsable du sauvetage, mais il faisait confiance au jugement de Dan. La nacelle était précieuse lorsqu'on avait un endroit où la poser, mais elle pouvait vite devenir un véritable obstacle en eau libre.

— Nous sommes sécurisés et prêts.

Karl inversa le treuil et commença à les hisser. Il ralentit lorsqu'ils commencèrent à émerger de l'eau afin de réduire la traînée et les laisser se stabiliser en montant plus haut, puis il tira avec un peu plus d'énergie une fois que la ligne se fut stabilisée. Dan avait une bonne prise en double boucle sur un des kayakistes qui semblait répondre à ses questions actives. Bon pour garder l'homme engagé et occupé.

Il se pencha, attrapa l'épaule de Dan et manœuvra sa proie pour gagner le pont. Dan se tordit et Heber attrapa la victime.

— Bonne décision. L'autre type en bas pense que nous avons de la place pour les kayaks. Mais celui-là voulait juste sortir de là, expliqua Dan en se perchant à nouveau sur le bord du pont avant de faire un clin d'œil à Karl. Je reviens dans un instant.

— Sois prudent, dit Karl en piétinant et s'étirant afin de donner à Dan un meilleur point de chute.

Dan le fixa au lieu de regarder l'eau, et après un instant, il sourit – le genre de sourire qui pourrait dire des choses si seulement Karl savait comment le lire. Son souffle s'arrêta, et la chaleur traversa sa poitrine et se répandit sur ses joues. Le sourire de Dan s'élargit, puis il se transforma en grimace lorsque la ligne fit une embardée et que le treuil commença à gémir.

Karl l'arrêta, le vérifia, ne trouvant rien d'immédiatement anormal. Il fit remonter Dan et le détacha, fit sortir la ligne, le rembobina à l'affût d'une fêlure dans les brins ou d'un désalignement sur la bobine.

— Ça a l'air d'aller. Allons chercher l'autre avant qu'il ne change d'avis, dit Dan dans l'expectative, et il se remit en position d'attente.

— Pas avant que je sois sûr, répliqua Karl en appuyant sa main sur la porte et son bras sur la poitrine de Dan.

— Un problème ?

— Tourne contre le vent, Lang. J'ai besoin de sortir pour voir.

Karl inspecta le treuil dès que Lang eut tourné le côté de l'hélicoptère face au vent. Il fonctionna sans problème. Alors il retourna à l'intérieur et accrocha Dan.

— C'est bon. On y va, dit-il en faisant sortir celui-ci par la porte, puis le faisant descendre.

Il partagea sa concentration tendue entre Dan et le treuil. Le sauveteur nagea jusqu'au deuxième kayakiste, et Karl hocha la tête et retint son souffle lorsqu'il fit le signe « Go ». Au quart de la montée, le treuil trembla et gémit. On aurait dit qu'il avait rongé quelque chose. Karl l'arrêta. Il tressaillit lorsque des étincelles jaillirent, puis il s'assit, l'esprit en ébullition et en proie à l'indécision.

— Redescends-nous. Je vais envoyer notre kayakiste, et tu pourras revenir me chercher. Moins de pression sur la ligne.

— Pas question. Je peux vous remonter tous les deux un peu à la fois, répondit Karl en secouant la tête. Je ne te laisse pas.

— Juste pour le temps qu'il faut pour le faire entrer… nous pouvons le faire, dit Dan avec un signe de la main. Il vaut mieux, ou je vais attacher cet homme et me détacher, et c'est une chute plus longue que je n'ai pas vraiment envie de faire.

Karl grimaça. Aucune bonne option, juste la meilleure des mauvaises. Si une défaillance totale se produisait avec les deux hommes sur la ligne, ils seraient bloqués en plein vol. Il ne pensa pas à ce qui se passerait si la panne se produisait une fois que le kayakiste serait à bord – s'ils jugeaient préférable de laisser Dan derrière eux jusqu'à l'arrivée des renforts.

Il ne pouvait pas.

— Rapport d'état, dit Jameson, sa voix brisant les parasites et le silence.

— Dysfonctionnement de l'équipement. C'est le treuil. Un kayakiste et le nageur sauveteur Farnsworth sont coincés en équilibre dans les airs.

— Options?

La voix de Jameson était froide, mais elle ressemblait à un blâme et un ordre.

Karl voulait crier. Mais il préféra expirer.

— J'y travaille, monsieur.

Le treuil avait un couvercle solide, et il ne voulait pas le forcer et risquer de faire plus de dégâts, mais il envisagea de frapper dessus. Il remit la ligne en marche, et elle s'éleva dans des départs disgracieux, secouant et faisant rebondir Dan et le kayakiste. Karl l'arrêta en jurant.

— OK, Worth. Un par un.

— Reçu.

Descendre était plus facile, et la ligne se détendit lorsqu'ils se détachèrent. Karl tenait l'extrémité supérieure et surveillait attentivement. Quand Dan donna le signal et s'éloigna, il ramena la ligne. Son pouls s'accéléra lorsqu'elle commença à remonter, mais elle sembla dépasser un obstacle et poursuivit une ascension lente et régulière.

Il accrocha le harnais de fortune au dos du kayakiste et le guida vers la porte. Heber se joignit à l'effort et l'homme était assez alerte pour faire plus que s'affaisser comme un poids mort.

— Deuxième kayakiste à l'intérieur. Nous récupérons Worth, et c'est bon.

— Nous sommes stables et nous avons beaucoup de carburant, ajouta Lang. Prends ton temps, Radin. Nous l'aurons.

— Foutrement d'accord, marmonna-t-il, et il recommença le processus.

En bas, rien à redire. Dan s'accrocha. Le treuil coopéra. Karl compta chaque seconde, chaque centimètre. Aux trois quarts, le treuil se bloqua. Cela fit le même bruit qu'un changement de vitesse sans utiliser l'embrayage, et de la fumée noire s'échappa de sous le boîtier.

— Merde, s'exclama Karl, puis il se pencha et frappa le truc avec le côté de son poing.

Il ne réussit qu'à se blesser, mais il recula sa main et recommença. Puis il souffla, chercha une corde dans l'hélicoptère et se hissa sur le pont. Il poussa avec ses orteils jusqu'à ce qu'il soit allongé avec ses hanches au bord et tout le reste de son corps suspendu au-dessus du vide.

Il lança la corde à Dan, mais il n'avait aucune idée de ce qu'il ferait une fois que l'homme l'aurait attrapée.

— Les millibars chutent, et vite. Je pense que ces nuages vont être plus qu'un joli spectacle au loin.

Le rapport de Scobey resserra l'étau sur le cœur de Karl, mais il n'abandonna pas.

— Radin…

Heber cria son nom juste une seconde avant d'atterrir sur lui, expulsant l'air de ses poumons. Le pontage s'enfonça sous lui, et il *entendit* ses hanches grincer contre le métal. L'hélicoptère se remit à ruer, et Heber fut projeté sur le côté.

Karl glissa sur le côté, heurta le cadre de la porte et regarda le ciel se dessiner au-dessus de lui tandis qu'il se sentait glisser de l'hélicoptère.

— Hé! Qui a Karl? Quelqu'un me reçoit? Qui le tient? Faites-le entrer!

Karl était abstraitement conscient des cris de Dan alors qu'il cherchait une poignée et essayait d'attraper le bord avec ses genoux. Il connut une seconde d'apesanteur, s'agrippa à la ligne de vie qui l'attachait à l'hélicoptère, et se prépara à l'impact au cas où il ferait un grand écart et toucherait les montants. Quelqu'un attrapa ses chevilles, et il se crispa. Il se tendit et se redressa atrocement en se penchant vers l'arrière. Heber attrapa son épaule et le tira vers le haut.

Le kayakiste en meilleure forme l'attrapa sous l'aisselle, et il atterrit à quatre pattes au milieu de l'hélicoptère. Il laissa son front tomber contre le pont et aspira le vent.

— Radin?

Karl hocha la tête, mais Dan ne pouvait pas le voir.

— Oui… voilà. J'y suis.

— Ouf. OK. Bien, dit Lang qui gardait toujours le ton parfait et net du pilote, mais une onde de stress s'échappa sur son expiration.

— Bouge. Allez, dit Heber en inclinant la tête de Karl d'un côté à l'autre avant de presser une compresse sur la joue de son collègue en fronçant les sourcils. Des éclats de ce qui a explosé t'ont touché. Mais je pense que tu vas vivre.

— Sais-tu quelle est la panne ?

La question de Lang semblait être le truc le plus inepte que Karl ait jamais entendu, mais rationnellement, il savait que ce n'était pas le cas.

— Non. Tout a été vérifié avant le vol.

— Il est possible que quelque chose ait été aspiré là-dedans ou s'y soit glissé tout seul pendant le vol. C'est l'heure du plan C. Du plan D. Peu importe, dit Lang en abaissant l'hélico afin que Dan ne se balance pas trop au-dessus de l'océan.

— Et si nous déposions Worth sur la terre ferme ? intervint Scobey, se tournant sur son siège pour regarder autour d'elle. Ce n'est pas trop loin, et les habitants seront heureux de venir le chercher.

Pas vraiment la procédure standard, mais en Alaska, on apprenait à improviser. Toujours.

— Je n'aime pas ça, dit Karl en se libérant de Heber, sa mâchoire tendue.

— Bien sûr que tu n'aimes pas.

— Survivre dans la nature est difficile pour un vétéran chevronné, répliqua Karl, grognant sur Lang. Et nous lâcherons simplement Worth dans la nature ? Ce n'est pas une connerie de programme d'aventures.

— Mais c'est ça ou rentrer avec lui comme ça pendant tout le trajet. Pas vraiment optimal, mais cette tempête ne va pas nous attendre. Si nous étions plus près de la base ou si nous n'avions pas à faire face à cette tempête, nous pourrions peut-être nous débrouiller. Et que ce ne soit pas trop dur pour Worth, dit Lang avant de faire une pause. Nous ne le laissons pas derrière nous, Radin.

— Vraiment, lâcha-t-il.

Il pourrait réessayer le treuil. Au mieux, il pourrait approcher Dan assez prêt pour le tirer à l'intérieur. Au pire, il pourrait regarder cet engin exploser et son collègue tomber en chute libre pour heurter l'eau.

72

— Nous repartons, quoi qu'il en soit, dit Lang en les guidant vers la terre ferme.

Ils volèrent dans un silence tendu.

Karl rampa jusqu'à la porte ouverte et regarda par-dessus.

Dan était calé contre le vent et semblait en sécurité.

— Fumée. Allons-y. Ça pourrait être des signes de civilisation, dit Scobey en signalant leur cap et interrogeant la base sur leur plan.

Karl regarda le fil ondulant d'une route qui apparaissait sous eux, dans un paysage marqué, récemment exploité. Des souches plus vieilles et grisonnantes suivaient, puis les toits d'une série de bâtiments entourés de piles de bois blanchi, la source de la fumée de Scobey.

— Ce n'est pas loin de l'autoroute. Il y a quelqu'un ici à quatre heures.

Karl regarda le point que Scobey indiquait.

Trois silhouettes sortaient d'un des bâtiments. Deux camionnettes étaient à proximité.

— C'est bon ?

Lang attendit un moment, puis il parla.

— Radin, à toi de jouer.

Comme si c'était le moment, une pluie violente et piquante, mêlée de glace se mit à tomber. Dan leva les yeux, et leurs regards se croisèrent.

— Radin ?

Dan hocha la tête et fit le signe OK.

— Sois prudent, dit-il sans quitter Dan des yeux.

Lang vola à basse altitude, mais à l'écart des bâtiments et des lignes électriques. Les hommes du hangar saluèrent et coururent pour aider à stabiliser Dan, et ils marchèrent tous en évitant les rotors.

— Quelqu'un de la station viendra te chercher, dit Lang en prenant de l'altitude. Tiens bon, Worth.

— Reçu. Je vais attendre tranquillement.

Karl regarda le sol s'éloigner et garda les yeux sur la silhouette décroissante. Il agita sa main alors qu'ils étaient presque hors de vue. Il ne savait pas si Dan l'avait vu. Puis il mit son inquiétude de côté, se remit au travail afin de sécuriser l'équipement et la porte, et aida Heber avec les kayakistes qui se dirigeaient vers l'hôpital.

DAN appuya sa main sur le toit afin de ne pas être éjecté du siège alors que le camion grondait sur la route défoncée. Il la garda là jusqu'à ce qu'ils tournent sur l'autoroute. Les ouvriers lui avaient donné un sweat-shirt à porter avec sa combinaison sèche, mais il empestait l'huile de machine et le bois mouillé. Ses épaules étaient en feu, et il se plia, grimaça et commença lentement à les faire rouler.

— Pas plus d'une cinquantaine de kilomètres et nous serons à Eider, dit Grizzly Ben en débrayant, passant le camion à une vitesse inférieure.

— Eh bien, c'est insignifiant, plaisanta Dan, mais Ben sourit et hocha la tête en signe d'accord.

Apparemment, Grizzly Ben était le vrai prénom de l'homme, et non un surnom hérité de l'Alaska, gagné en combattant un ours jusqu'à ce que le respect mutuel s'installe pour prouver sa valeur. Mais il était suffisamment costaud pour l'avoir fait, à peu près de la même taille que Dan, mais probablement deux fois plus large au niveau de la poitrine et des bras. Dan supposait que l'abattage et le fraisage à l'ancienne avaient cet effet.

Débarrassé des débris d'arbres abattus, des piles de branches en attente d'être déblayées et des vieilles souches, le paysage redevint une forêt dense presque noire et un immense ciel de béton alors qu'il commençait à pleuvoir.

Dan suivit les montagnes au loin. Il ne les avait pas vues de cet angle, mais il les reconnaissait de sa vue à la station.

— Merci encore pour ça.

— Content d'aider, répondit Ben en haussant les épaules. Nous ne sommes pas nombreux par ici, alors c'est logique de donner un coup de main.

Dan accepta sa logique. Les hommes du bâtiment avaient pris cela plutôt bien, comme si un hélico des gardes-côtes en panne qui déposait un des leurs pour le mettre temporairement en sécurité faisait partie d'une journée de travail normale.

— Et Grady connaissait Axe.

Ben resta silencieux et sembla réfléchir à quelque chose, puis il secoua la tête.

— Je n'aurais pas dû dire cela.

La bouche de Dan s'assécha. Personne à la station ne disait quoi que ce soit à propos d'Axe.

— Étaient-ils amis ?

— Je dirais que oui, répondit son chauffeur en caressant sa moustache touffue. En quelque sorte.

— Un peu énigmatique, dit Dan en souriant au regard rapide que lui jeta Ben. Je dis ça comme ça.

— Ils avaient des choses en commun qu'ils appréciaient ensemble.

Qu'est-ce que cela voulait dire ? Dan observa Ben et comprit qu'il ne voulait pas en dire plus. On aurait dit qu'il essayait de ne pas dire du mal en souvenir d'Axe.

Est-ce que cela pourrait être lié à la vieille cabane de Swift, qu'il connaissait comme la cabane achetée par Axe, et à ce qui s'y était passé. La balise radio repêchée des profondeurs marines.

Il devait trouver un moyen de parler à Grady ou d'en savoir plus sur lui.

Dan se préoccupa du problème jusqu'à ce que son mal de tête latent gronde. Il avala avec difficulté les gommes au café qu'ils lui avaient donné après son atterrissage surprise et laissa sa tête retomber. Une autre pièce mystérieuse dans cette stupide pagaille.

Rien ne l'avait dérangé dans ce sauvetage – se débattre avec des kayakistes impatients et épuisés dans le ressac impitoyable et leurs embarcations fragiles, être suspendu dans les airs, même avec les arrêts bégayants alors qu'il se demandait si le treuil allait lâcher et le faire rebondir dans l'eau. Il prenait tout cela à bras le corps et ne s'attardait pas.

Mais voir Karl basculer tête la première hors de l'hélicoptère – même en sachant qu'une ligne de vie le reliait à l'hélico – avait fait bondir son cœur. Il avait commencé à grimper le long de la ligne sans réfléchir, main à main, en planifiant désespérément un plan insensé pour faire l'impossible et attraper Karl pendant sa chute.

Puis Heber avait ramené Karl à l'intérieur, et Dan avait recommencé à respirer.

— Reposez-vous, officier Farnsworth.

Dan fit un bruit et ouvrit les yeux. Il n'avait pas réalisé qu'ils s'étaient fermés. Grizzly Ben alluma la radio. Une bande jaunie sortait de la fente comme une mauvaise dent. Il la poussa en place. Willie Nelson résonna dans l'habitacle, et Ben hocha la tête.

Dan ne devait pas être appelé officier, mais il laissa tomber.

— Je vous préviendrai quand nous arriverons à Eider.

Dan voulait rester éveillé et voir la région, mais il ne put qu'approuver d'une voix basse. Sa baignade impulsive et ce sauvetage compliqué le rattrapaient finalement, et l'épuisement le tiraillait, lourd, sirupeux et irrésistible.

— Worth ? Allez.

Dan grommela et enfonça son visage dans l'oreiller.

— On va te conduire à la station, tu pourras te laver et faire une sieste.

Il souffla et frappa la main qui serrait son bras.

— Worth, viens.

Un souffle sec et un juron bas, puis Karl parla.

— Dan, réveille-toi.

Il entendit le clic de sa ceinture de sécurité, et il ouvrit un œil. Karl se tenait dans la portière ouverte du passager, auréolé de la lumière du soleil. Dan sourit, glissa du siège et enveloppa Karl dans ses bras. Il enfouit son visage dans le cou de l'autre homme et expira, soulagé et réconforté, puis resserra son étreinte. La tension qu'il n'avait pas ressentie se dénoua.

Karl frotta son dos, et ils se balancèrent sur place. Dan grogna en signe de protestation lorsque Karl bougea.

— D'accord, mon pote. Es-tu assez réveillé pour monter dans la Jeep ?

Dan respirait la chaleur et l'odeur de la sueur et de la peau de Karl, et ce quelque chose d'épicé en dessous. Il bâilla et se pencha.

— Je suppose que oui, dit-il en grognant.

Il loucha sur Ben – oh, oui, Ben – et tapota le siège.

— Merci, mec.

Ben jeta un coup d'œil à Karl, regarda Dan à nouveau, puis il sourit.

— Prenez soin de vous, officier Farnsworth, dit-il avant de faire un signe de tête en direction de Karl. Radin, content de te voir.

— J'apprécie, dit celui-ci en tenant le coude de Dan.

Il entraîna ce dernier, ferma la porte du camion et le fit monter dans la Jeep garée juste à côté.

Karl portait un manteau jeté par-dessus sa combinaison de vol et un pansement sur sa joue.

— Qu'est-ce que c'est ? demanda Dan, se sentant obligé de le toucher.

Il détestait les bleus qui s'assombrissaient sous le bandage et sous l'œil de Karl, et à quel point ils étaient chauds de sang juste sous la peau.

Karl tressaillit, et Dan retira sa main.

— Désolé.

— Tu m'as surpris. Ça ne fait pas mal, dit-il en frottant sa joue comme si ça le démangeait.

Dan enfonça les talons de ses mains dans ses yeux et essaya de se connecter.

— Comment vont nos kayakistes ?

— Stables et très heureux d'avoir quitté l'eau. Le homard n'a pas eu de cloques, donc il a eu de la chance avec son coup de soleil. Ils ont dit de te remercier.

— Bien.

— J'ai jeté un coup d'œil au treuil, et Yaz et les autres sont occupés à le démonter en ce moment. Tout a été vérifié avant le vol, et je n'ai aucune idée de ce qui s'est passé. Ça n'aurait pas dû arriver, dit Karl en serrant sa main en un poing qu'il tapa contre le levier de vitesse. Merde.

— Des choses inattendues et des accidents arrivent – comme se faire prendre dans un courant dont on ne connaît pas l'existence et devoir appeler les gardes-côtes pour qu'ils vous sortent des eaux froides et cruelles avant que vous ne finissiez en en-cas d'orque.

— En-cas d'orque?

Cela fit rire Karl, et sa main se relâcha un peu. Dan apprécia cela.

— Oui. C'est totalement ça.

Il glissa ses mains sous le sweat-shirt puant et repositionna ses jambes afin que différents endroits bénéficient du chauffage.

— Ce n'est pas comme si tu l'avais fait exprès. Yaz trouvera la solution, et nous arrangerons ça. Je vais bien. Il n'y a pas de mal.

Dan cligna des yeux en se rappelant avoir dit ça plus tôt dans la journée, même si cela semblait être des années auparavant après tout ce qui s'était passé. La réaction de Karl fut différente cette fois.

— Je suis content qu'il n'y en ait pas eu. Je ne pouvais pas…

Karl ne put rien dire de plus.

— Jameson a dit que tu pourrais débriefer plus tard, après t'être changé et avoir mangé un peu.

L'estomac de Dan gronda à la mention de la nourriture. Il voulait demander si Karl s'était porté volontaire pour venir le chercher ou si on l'avait forcé à le faire. Il voulait lui demander de dîner avec lui, ne serait-ce que pour s'asseoir et lui tenir compagnie.

Mais il ne le fit pas.

Karl se gara à sa place, et Dan se prépara à affronter le froid. Sa fatigue et la chaleur relative de la Jeep partagée rendaient l'air extérieur deux fois plus glacial. Il frissonna, mais s'arrêta, parce que l'attention de Karl était fixée sur quelque chose au loin.

— Hé, quoi?

— Je ne suis pas sûr, répondit Karl en mettant ses mains sur ses hanches et fixant un point dans les arbres, en amont de la station.

— J'ai cru voir un éclair de quelque chose – presque comme une lunette ou des jumelles.

Dan ombragea ses yeux d'une main et balaya du regard les arbres dans lesquels Karl était en train de jeter un regard noir en forme de rayon laser.

— C'était juste un flash, puis plus rien. Probablement rien, dit Karl en fronçant les sourcils comme s'il n'était pas convaincu.

Le frisson qui parcourait la peau de Dan le laissa avec un sentiment similaire de malaise.

— Radin !

Ils suivirent tous les deux le cri pour voir Yaz qui leur faisait signe depuis la porte du hangar.

— Rentre et réchauffe-toi. Je ferais mieux d'aller voir pourquoi il fait tout ce cirque.

Dan faillit le suivre, mais le froid, la faim et le fait qu'il ne lui ait pas demandé de l'accompagner l'emportèrent. Il regarda jusqu'à ce que Yaz ferme la porte et que Karl disparaisse de son champ de vision, vérifia à nouveau les arbres, puis il entra. Il ne pouvait pas se débarrasser de la sensation qu'ils avaient été observés.

CHAPITRE SIX

KARL quitta la station dès qu'ils eurent la chance d'avoir un temps clair le matin.

— Bennett, j'ai ma radio avec moi. Je reviens dans un moment, dit-il en tapotant le comptoir du poste de garde avant de se diriger vers la porte.

— Qu'est-ce qui se passe ?

Il savait que Bennett demanderait, il en était sûr. Karl savait que Dan était dans le mess, mais il n'avait pas regardé. Il pouvait sentir que le jeune homme écoutait, alors il se dirigea vers la porte afin que sa voix forte porte.

— Oh, je vais voir un bateau.

— Tu en veux un ? dit Bennett en inclinant la tête.

— Pas encore, répondit Karl en haussant les épaules, puis il esquissa un bref salut et partit. Je prends le sentier du rivage jusqu'au quai.

Il n'attendit pas de réponse, mais flâna au coin de la station pendant deux minutes. Puis il commença à courir, ressortant joliment sur l'eau et le paysage dans sa veste haute visibilité.

Karl avait des heures pour se rendre au bateau de Neal et revenir, mais ce n'était pas exactement à proximité. Il courait quand même tranquillement dans l'espoir que Dan morde à l'hameçon et le suive – et apporte cette clé. Karl l'avait reconnue comme étant celle vendue par la marina locale et faite pour de multiples raccords pour sécuriser les bateaux et les équipements.

Il avait fait beaucoup d'efforts pour mettre cela en place – en allant parler à Yaz devant Dan – en s'assurant que son jeune collègue soit attentif au mécanicien dans l'entrée l'autre soir – mais il espérait aussi que Dan ne se montrerait pas.

Il appréciait ce dernier beaucoup plus qu'il ne devrait, et c'était déjà assez compliqué. Après avoir jeté un coup d'œil à la clé que son collègue tripotait si souvent et avoir écouté les questions très banales de Dan à Ratchet sur l'accident, il ne pouvait plus écarter ses soupçons. Il avait beaucoup de choses à régler et à mettre au point avant de penser à aimer Dan.

Mais il n'était pas sûr de pouvoir concilier la découverte que Dan avait quelque chose à voir avec la disparition de Neal et ce que cela pouvait signifier de pire.

Ce qui était arrivé au treuil pendant le sauvetage ajoutait au mystère. Yaz lui avait fait faire le tour de propriétaire une fois que l'atelier l'eut démonté, et cela n'avait pas l'air bon. Cela ressemblait presque à un sabotage – juste la bonne chose, modifiée de la mauvaise façon, de sorte qu'elle fasse un gâchis pendant le sauvetage, mais pas avant. Dan mettrait-il en danger sa propre sécurité ?

Il accéléra le rythme et écouta le ressac afin de se vider l'esprit. Dan suivrait ou pas, et il ne pouvait pas se retourner pour vérifier. Il aimait être dehors – qu'il pleuve ou qu'il fasse soleil – et il appréciait la pause mentale que lui procurait la course. Il n'y avait rien de mieux que l'océan à perte de vue d'un côté, et les montagnes se profilant au loin de l'autre, avec des kilomètres de contreforts sombres couverts de conifères entre les deux.

Le sentier le menait vers le nord, autour de la courbe de l'anse, et alors que la station s'éloignait derrière lui, il commença à voir les signes du quai s'élevant du port intérieur sûr. Il n'aurait pas à chercher le numéro du poste d'amarrage. Yaz avait fourni de bonnes informations, des informations que Karl aurait probablement pu trouver. Mais avec quelqu'un, toujours mystérieusement au courant – comme Yaz – dans sa poche, pourquoi gaspiller cette ressource ? Il avait le nom du bateau de Neal et, non vérifié, qu'un homme de description indistincte était venu et reparti plusieurs fois depuis l'incident. Était-ce un ami qui le surveillait ou quelqu'un qui savait qu'il était abandonné ? Karl ne voulait pas le découvrir à ses dépens, il devait donc rester vigilant et procéder avec prudence.

Des abris de pêche et des cabanes bordaient l'eau à quelques mètres du sentier. L'érosion avait déplacé des rochers et de la terre au fil des ans, les séparant presque, et Karl attendait le jour où le sentier tomberait dans l'océan.

De plus petits bateaux étaient attachés à de multiples quais qui s'éparpillaient dans l'eau à partir de la structure du quai central.

Quelques gros bateaux étaient à l'ancre. Il ralentit, lisant les numéros des quais au fur et à mesure, et il trotta jusqu'au bateau de Neal au bout d'un petit quai. Il fit un rapide balayage de la zone. Trois hommes grattaient de la peinture d'un bateau qui n'était pas dans son champ de vision direct, et un groupe de pêcheurs désœuvrés tournaient au ralenti dans la cuvette de l'anse. Il monta à bord, jeta un rapide coup d'œil aux alentours, puis il fit semblant de secouer la porte de la cabine verrouillée et de s'exaspérer. Il profita ensuite de l'escalier qui reliait les docks et la route à un amas de hangars, et commença à courir vers la station.

Il courut jusqu'à ce qu'il soit naturellement caché des docks et se baissa pour faire le guet. Son cœur s'effondra lorsque Dan apparut.

Le jeune homme s'approcha prudemment du bateau, vérifiant tout autour de lui, et Karl le perdit de vue alors qu'il montait les escaliers.

Il inspira et baissa la tête comme si cela pouvait le cacher alors que Dan l'avait déjà poursuivi jusqu'ici. Mais il n'entendit pas de pas approcher, et il leva les yeux pour voir une route vide.

Le quai et le bateau étaient vides aussi, mais le bateau se balançait d'un côté à l'autre de l'eau, au-delà du clapotis des vagues.

Karl se leva d'un bond et sprinta jusqu'aux escaliers, les descendit deux par deux, et galopa sur le bateau. Le cadenas de la porte de la cabine avait sauté, et il entra.

Dan, blanc comme un linge, se tenait au-dessus d'une caisse ouverte. Le pouls de Karl tonna dans le silence du choc, et la clé tomba de la main de Dan.

— Très bien. Qu'est-ce qui se passe ? demanda-t-il avant que le regard perdu et la posture défaite de Dan n'aient raison de lui.

Ce dernier ne répondit pas, alors Karl soupira et manœuvra pour passer devant la caisse afin de jeter un coup d'œil. Des paquets blancs emballés dans du plastique étaient rangés à l'intérieur, cinq par dix et au moins trois de profondeur.

Même avec les barres croisées de ruban adhésif qui fermaient chaque extrémité, Karl pouvait dire ce qu'ils étaient, et l'énormité de la situation le submergeait.

— Qu'est-ce que tout cela représente pour toi ? Pourquoi es-tu ici ? demanda-t-il en ramassant un paquet, les petits cristaux à l'intérieur crissant dans sa main.

Il pouvait assembler les pièces, mais il détestait l'image qu'elles représentaient : la vieille cabane de Swift, un laboratoire de méthamphétamine, Dan courant dans cette direction le jour même où elle s'était détachée du flanc de la montagne, le comportement furtif et les questions prudentes du jeune garde-côte, la carte qui indiquait l'endroit où Neal s'était perdu, la Californie, et cette foutue clé. La colère l'envahit à cette idée. Il la détestait, ne pouvait pas la supporter, ne voulait pas y croire.

— Es-tu venu ici à la recherche de cette merde ? Tu travaillais avec Neal et tu as dû t'en occuper toi-même lorsqu'il est mort ?

La honte de la Garde était déjà assez mauvaise, mais c'était pire, parce que c'était Dan – Dan qu'il aimait trop et qu'il désirait encore plus.

— Eh bien ?

Dan secoua la tête et essaya de passer devant Karl.

Celui-ci jeta un paquet par terre avec dégoût et poussa Dan contre le mur de la cabine. La colère tourbillonnait avec la trahison et la perte de quelque chose qu'il n'avait jamais eu.

C'était lourd et âcre dans son estomac. La tête de Dan heurta le plafond bas alors que Karl enfonçait ses poings dans le sweat-shirt humide de son collègue. Il se cabra en avant et maintint Dan en place.

— Dis-moi, ordonna-t-il en le secouant dans un violent mouvement de va-et-vient avant de le plaquer contre le mur à nouveau.

Il voulait absolument que Dan nie tout.

Dan grogna et plaqua ses deux mains sur la poitrine de Karl, mais il ne se défendit pas. Au lieu de cela, il secoua la tête, et son regard bordé de rouge, passa des paquets de méthamphétamine à quelque part au-delà de l'épaule de Karl. Il avait l'air aussi confus que Karl, mais complètement désolé, et sous la désolation, il avait une colère grandissante.

— Dis-moi, répéta Karl dans un murmure rauque et il relâcha sa prise.

Les battements rapides du cœur de Dan flottaient sous son pouce, et ses souffles courts effleuraient sa joue. Une chaleur s'empara de son cœur, et il bascula en avant lorsque le regard du jeune homme devint suppliant.

Des bruits de pas se rapprochant pénétrèrent la conscience de Karl, et il leva un doigt en signe d'avertissement. Il contourna la caisse et regarda à l'extérieur de la cabine.

Une silhouette informe dans un poncho se dirigeait avec détermination vers le bateau. Karl jura et fit signe à Dan de fermer la caisse et de bouger.

Il indiqua que quelqu'un venait vers eux, et Dan rougit et passa à l'action. Ils se glissèrent hors de la cabine, se cachèrent derrière son volume et attendirent pendant les secondes angoissantes dont le jeune homme avait besoin pour remettre le cadenas en place. Puis ils tournèrent vers la proue alors que l'homme montait à bord.

Sans autre endroit où aller, Karl se jeta par-dessus bord. Il s'accrocha à la rambarde, se balança et s'abaissa une main après l'autre. Après un compte à rebours de plusieurs secondes, Dan le rejoignit.

Le cadenas cliqueta, et la porte de la cabine s'ouvrit en grinçant. Karl trouva des points d'appui sur les rivets et soulagea une partie de son poids de ses bras. Sa radio hurla, et il s'agita, lâchant prise d'une main et l'éteignant en tâtonnant.

Tout s'arrêta. Karl retint son souffle et jeta un coup d'œil à Dan, qui était gris cendre, ses yeux écarquillés, écoutant avec la même intensité. Karl déplaça ses mains sous le plat-bord, souleva ses hanches et les appuya sur la coque. Une ombre tomba sur l'eau et Karl inspira plus durement et baissa son visage. Il sentait le regard de l'homme le chercher, il écouta le déplacement du poids de l'inconnu qui s'avançait, se penchait sur la rambarde et se déplaçait nouveau. Ses bras commençaient à trembler, et il avait une crampe au pied. La grêle tombait en cascade par-dessus le bord et atterrissait dans l'eau avec un doux murmure. L'immobilité s'étirait, trop mince et presque criante.

Karl était sur le point de perdre pied lorsque l'homme fit un petit bruit impatient et rentra dans la cabine. Karl se déplaça, prit une longue inspiration et examina ses options. Puis le moteur se mit à tourner, et il fit une grimace à Dan. Ils devaient tenir encore un peu.

Le bateau prit un large virage vers l'océan. Karl chercha comment se sortir de là, puis ils prirent une longue pause en longeant la rive opposée. Il bougea afin d'attraper le rail et aplatir ses pieds sur la coque. Puis il se redressa en position inclinée et vérifia leur position. Encore quelques mètres et il retomba, fit signe à Dan de le suivre, remplit ses poumons et s'écarta du bateau pour atterrir dans l'eau.

L'eau était si froide qu'elle lui faisait mal aux os et voulait lui voler sa respiration, mais il resta sous la surface, écoutant les bruits et étudiant le sillage du bateau. Dès qu'il se fut bien dégagé, il battit des pieds pour remonter, prenant soin de faire surface sans trop d'éclaboussures ou sans s'élever au-dessus de la ligne de flottaison. Il nagea et chercha Dan. La panique commençait à nouer son estomac lorsqu'une main chaude saisit son bras et le tira.

— Tu te débrouilles bien. Continue à nager. Allons jusqu'au rivage et nous pourrons sortir.

Dan n'était pas essoufflé et semblait insensible au froid. Il encourageait Karl comme si celui-ci était vert dans l'eau et avait besoin d'être secouru. Ce fut alors que Karl se rendit compte que ses dents claquaient, et que ses mains et ses bras étaient d'une couleur jaunâtre et bleuâtre.

Ils se hissèrent sur le rivage pas trop loin de l'endroit où il voulait se rendre. Malgré le vent froid et constant, il se dévêtit de son pantalon et de ses chaussettes. Mieux valait avoir la peau sèche que des vêtements trempés. Il se mit en mouvement et conduisit Dan sur les rochers jusqu'à un petit sentier, puis sur un ensemble de marches en pierre qui se fondaient dans le paysage. Il grimpa aussi vite qu'il le put, ignorant les battements de sang qui remontaient de ses extrémités.

L'escalier se transforma en plusieurs terrasses dégagées au sommet de la colline rocheuse, et il y avait une petite cabane nichée dans les arbres. Karl s'y précipita, franchit le court porche et entra. Elle n'était pas fermée à clé. Il traversa la pièce – marchant sur le plancher grinçant, passant devant des meubles confortables, mais usagés, à travers l'impression du soleil à travers les pins – et alluma le feu après avoir renversé des allumettes partout.

Un brasier sain enflamma immédiatement le papier froissé, tandis que le bois sec craquait et que les extrémités éclatées brûlaient dans des cœurs de flammes bleus. Karl souffla dessus afin de l'activer et tisonna le centre pour déloger les cendres. Il souffla à nouveau dessus, puis il empila plusieurs autres bûches sur le dessus.

Il se leva, enleva ses baskets et les laissa, et se tourna pour trouver Dan à un pas de la porte.

— Viens, donne-moi ça.

Il prit les vêtements de Dan et les jeta dans l'évier pour s'en occuper plus tard – comme tout ce qui l'avait amené à trouver ce bateau. C'était mieux de se réchauffer et de rassembler ses esprits avant de confronter son collègue. Il ne voulait pas non plus d'une confrontation, ni même d'un interrogatoire. Il voulait juste comprendre. Il était aussi fatigué, toute sa colère s'étant évanouie dans le froid de l'océan.

Il prépara du café en frissonnant. Les grains de café s'entrechoquèrent sur le plan de travail, et l'eau coula à côté de la cafetière alors que les contrecoups du froid le secouaient. Il enfila un sweat-shirt, un pantalon et des chaussettes épaisses, et jeta les mêmes à Dan. Puis il remplit deux mugs et prépara un café crémeux et sucré. Ils auraient besoin de sucre et de calories.

Dan restait près de la porte. Il était prudent, mais ne semblait pas avoir peur. Son humeur reflétait celle de Karl, tous deux souhaitant se calmer après l'intensité du bateau et de la baignade glaciale.

Karl s'installa sur le sol devant la cheminée. Le feu était chaud et constant, et il s'assit merveilleusement au plus près afin que la chaleur retire l'humidité de sa peau et le froid de son corps. Il but son café et tendit l'autre tasse.

— Ne meurs pas d'hypothermie en restant là.

Dan hésita. Il essuya ses mains sur le trop petit sweat-shirt, se décida, hocha la tête et le rejoignit. Il s'assit dos au feu, accepta le café, et ferma les yeux tandis que la chaleur l'imprégnait.

Le pantalon était court aux jambes et serré de partout. Il aurait dû paraître ridicule, mais Karl trouvait que, associé au soupir béat de Dan, l'effet était magnifique.

— Ce n'est pas que ceci n'est pas incroyable, mais devrions-nous être ici? demanda ce dernier en jetant un coup d'œil tout autour de la cabane.

Il traça des yeux la pièce principale ouverte et l'escalier à lattes jusqu'à la mezzanine.

— Je comprends que nous devons nous réchauffer et tout, mais aller aussi loin donne l'impression que nous en profitons, dit-il en pointant son pouce vers le feu qui rugissait derrière lui et tapotant le mug de café.

— Nous devrions absolument. C'est ma cabane.

Dan écarquilla les yeux et il refit le tour de la cabane, plus lentement et plus minutieusement. Puis il regarda Karl, bouche bée.

— Waouh. Vraiment? s'exclama-t-il pour regarder par les fenêtres de devant. Elle est située à l'endroit parfait.

— C'est ce que j'ai pensé.

— Ça t'ennuie? demanda Dan en faisant un cercle avec un doigt en l'air.

— Vas-y.

Le jeune garde-côte sourit et continua à faire le tour de la pièce. Il regarda les arbres des deux côtés et la clairière derrière la cabane. Il tapota les murs en rondins massifs, jeta un coup d'œil dans la petite salle de bains et grimpa à mi-chemin les marches de la mezzanine.

— Cet endroit est génial. J'aurais dû m'en douter, dit-il en désignant les tirages d'Ansel Adams et les photos et dessins encadrés plus petits qui étaient installés dans un style salon sur le mur opposé.

Il revint, prit sa tasse et s'assit un peu plus loin du feu.

— Celui qui l'a conçu a fait du bon travail.

— Merci, dit Karl en inclinant la tête.

— Comme je l'ai dit, j'aurais dû le savoir, dit Dan en soufflant.

Il vida sa tasse de café, la posa sur l'âtre et la fit tourner plusieurs fois.

— Je suppose que ça explique pourquoi ta chambre à la station est si impersonnelle. Mais alors, tu ne vis pas ici ?

Karl ne savait pas quoi penser du fait que Dan avait remarqué sa chambre utilitaire et minimale, et qu'il ne s'était pas vraiment installé dans l'un ou l'autre endroit. Il haussa les épaules. Il n'avait pas envie de dire que vivre dans la cabane était un paradoxe : aimer la solitude et la vue imprenable sur l'océan et être vraiment seul, merde.

— C'est proche de la station à vol d'oiseau, mais ce n'est pas exactement un trajet facile. Vivre à la station était plus facile, et c'est devenu une habitude, dit-il en se reculant pour s'appuyer contre le canapé bas.

Il ajouterait bien qu'il se rendait à la cabane dès qu'il le pouvait, mais ce serait un mensonge. La concevoir et la construire avait été un défi agréable à relever. Il avait économisé pour acheter le terrain, l'avait défriché le moins possible pour nicher la cabane dans les arbres et se tenir sur la proéminence en face pour regarder le bord du monde. Ce furent toutes des réalisations extraordinaires dont il était fier. Mais une fois qu'il l'eut construite et y eut emménagé, il s'en était presque enfui. Il voulait que la cabane soit un refuge, mais elle semblait creuse et inachevée, peu importe ce qu'il ajoutait. Les photos qui lui tenaient compagnie, les vieux édredons et les couettes en plume ne le réchauffaient pas, et les plats cuisinés dans les casseroles en fonte restaurées ne le nourrissaient pas. Non, ils le faisaient juste se sentir plus seul.

Vivre à la station éloignée ne changeait pas beaucoup cela. Il était souvent seul parmi ses pairs, et le fait d'être au milieu de nulle part en Alaska, dans un minuscule poste militaire n'arrangeait pas les choses, mais au moins, il y avait du bruit et de la distraction.

Karl ne savait pas s'il allait vivre un jour dans la cabane. Il jeta une autre bûche sur le feu et regarda les étincelles jaillir et être aspirées par le conduit de cheminée. Il n'y aurait probablement aucune raison de le faire.

— Eh bien, j'aime ça, dit Dan en touchant sa jambe du bout de ses orteils. Beaucoup.

— Moi aussi, répondit Karl en ravalant la bouffée de désir qui montait en lui.

— Alors, as-tu des parents ? demanda Dan avant de grimacer. Par ici, je veux dire.

— Ils ont pris leur retraite en Floride, répondit Karl en souriant affectueusement, et Dan rit. Et toi ?

Le rire du jeune homme s'éteignit et son sourire disparut.

— Ah.

Karl rassembla leurs mugs et les remplit. Il ne voulait pas casser l'ambiance confortable, mais s'éloigner de ses pensées serait une bonne chose – et savoir ce qui se passait avec Dan, une nécessité.

— Je pense que nous devons parler.

— As-tu un ordinateur? Un portable? Une connexion Internet?

— Oui, un ordinateur portable. Oui, Internet-satellite, répondit Karl en chargeant à nouveau les deux cafés de crème et de sucre, parce que cela faisait du bien de les boire.

Il fouilla dans les placards et trouva des crackers.

— Puis-je les utiliser? demanda Dan en prenant le café et le paquet de crackers qu'il lui tendait.

— Tout de suite? dit Karl en s'asseyant sur le canapé.

— Ça m'aidera à parler de… tout.

Karl sortit son ordinateur portable, il l'alluma et le remit à Dan.

Ce dernier but son café et grignota des crackers avec l'ordinateur perché sur ses jambes croisées. Son côté adorable était distrayant et rendait Karl grincheux.

— Hé, Dano, dit quelqu'un depuis l'ordinateur.

Le large sourire de Dan et ses yeux dansants rendirent Karl encore plus grognon.

— Dis-moi comment télécharger les fichiers. Je ne suis pas à la station.

Il y eut une pause, puis la voix s'exprima.

— Es-tu dans un endroit sûr?

— Oh, oui. C'est bon.

L'homme à l'autre bout donna des instructions efficaces que même Karl pourrait exécuter. Il se demandait qui il était. Il avait envie de se lever afin de jeter un coup d'œil à l'écran, mais il résista, mangea ses crackers et fixa le feu sans faire de commentaires.

— Tu ne vas pas aimer ça.

Karl leva les yeux au ciel. Il était soudainement sûr que toutes les choses qui ne collaient pas étaient liées – et liées à Dan.

Le jeune homme perdit son sourire, et ses yeux s'assombrirent.

— Je sais. Je m'y attendais. Surtout après…

Il jeta un coup d'œil à Karl et revint à l'écran. Karl aurait pu jurer qu'il avait rougi, mais c'était probablement un effet de la lumière de l'écran.

— Je t'expliquerai plus tard. Je dois d'abord l'expliquer à quelqu'un d'autre.

Une autre longue pause – qui réussit à paraître spéculative, puis le type fit un bruit bas.

— Intéressant. Je suis prêt à attendre. Que vas-tu faire de l'info ?

— Je ne suis pas encore sûr, dit Dan en faisant rouler sa lèvre inférieure entre ses doigts, puis soupirant. Merci, Ridge. Je t'en dois une. Encore une fois.

— Je crois que je t'en dois encore mille, alors ça va, répliqua Ridge en riant. Fais juste attention à ce que tu fais. Tu m'as compris ?

— Je t'ai compris.

— Cette personne à qui tu dois d'abord expliquer. Il te soutient ?

— Je pense que oui, répondit Dan en regardant à nouveau Karl. Oui, il le fait.

Karl repoussa la sensation de chaleur et de faiblesse que lui procurait le regard de l'autre homme.

— Bon. C'est déjà ça. Ne m'oblige pas à venir jusqu'en Alaska après toi, Dano. Les dossiers et mes notes sont tous là, mais rappelle-moi si tu as besoin de moi.

— Toujours, dit Dan, sa bouche se tordant d'un air satisfait.

Puis il fit un doigt d'honneur à l'écran et se mit à rire.

L'humeur grincheuse de Karl remonta d'un cran.

— Je vais lire ça, puis nous parlerons. D'accord ?

— Est-ce que j'ai le choix ? répliqua Karl en levant les yeux au ciel.

Il prit un livre de poche qu'il avait abandonné avec la cabane, mais il se retrouva allongé dans le coin du canapé à regarder Dan lire à la place.

Il voulut l'interrompre et lui arracher le portable à un moment lorsque Dan sursauta d'incrédulité et cligna des yeux afin de lutter contre les larmes. Il n'aimait pas voir tant de vulnérabilité et de douleur exposées chez le jeune homme. Cela lui donnait aussi un tout autre angle à considérer. Il soupçonnait Dan d'être impliqué dans ce qui était arrivé à Neal, mais il ne s'attendait pas à ce que ce soit personnel.

CHAPITRE SEPT

DAN commença par les notes de Ridge. Il n'eut pas besoin de lire beaucoup pour comprendre l'essentiel. Le déni et l'acceptation amère montèrent ainsi que la bile, et il les étouffa. Le feu était soudain trop chaud et Karl trop proche. Il se leva d'un bond, posa l'ordinateur portable sur la longue table en planches derrière le petit coin salon à côté du feu, et fit les cent pas.

Ridge avait trouvé ce qu'il avait demandé et bien plus que ce qu'il voulait savoir. Il se tourna vers Karl, son cœur sombrant dans son estomac, ouvrit la bouche pour commencer à s'expliquer, puis il la referma.

— As-tu des analgésiques ? demanda-t-il en pinçant l'arête de son nez.

Un mal de tête était le cadet de ses soucis, mais il pouvait y remédier.

Karl jeta son livre de côté et se dirigea vers la cuisine. Dan accepta un verre d'eau et trois cachets et avala le tout.

Tout raconter à Karl, qui attendait calmement et patiemment, était décourageant. Il préférait presque se faire crier dessus et se faire bousculer.

— Tu as demandé, et bien… J'ai grandi avec juste mon frère, plus ou moins. Je n'avais que lui.

— J'ai un frère plus jeune. Il est Ranger à Katmai, partagea Karl en prenant le verre et se retirant vers le canapé.

— Waouh, c'est cool. Êtes-vous proches ?

— Assez proches, répondit Karl avec un haussement d'épaules. Le petit merdeux m'en voulait pendant notre enfance, parce que j'étais plus grand, plus rapide et plus intelligent – tu connais – mais il a fait son propre chemin maintenant, et nous sommes parvenus à mieux nous comprendre. Même si je suis le préféré de papa.

Il eut un sourire soudain avant de conclure.

— Mais il est le préféré de maman, donc je pense qu'il a l'avantage.

Dan s'accrocha à ces bribes d'informations sur Karl, surpris de voir à quel point les entendre était important pour lui… et à quel point il avait envie de continuer à parler de cela et d'en apprendre plus, plutôt que de ce qu'il avait à dire.

— Je n'étais pas le favori, dit-il avec un sourire en coin pour que son collègue ne se sente pas désolé pour lui. Ma mère était hors du tableau – une mère célibataire qui essayait de joindre les deux bouts en travaillant trop, et plus tard en buvant trop. Nous avons grandi dans un quartier difficile, dit-il en tirant un fil qui dépassait de la ceinture de son pantalon. Je ne l'ai pas remarqué pendant longtemps. Mon frère a dix ans de plus que moi, et il a fait en sorte que je ne le vois pas. Il m'a gardé hors de la maison, nous a nourris, m'a appris à nager et à vivre. La plage était notre maison, notre refuge.

— Ce qui explique pourquoi tu t'es engagé.

— Plus ou moins.

Karl semblait voir Dan d'un œil nouveau. Peu de gens le voyaient comme un enfant de bidonville. Son allure dorée californienne et ses manières décontractées y contribuaient. Il ne parlait à personne de son passé pour de nombreuses raisons, et c'était en grande partie pour cela. Mais d'une certaine façon, le dire à Karl n'était pas difficile.

— Qu'est-ce qu'il a pensé du fait que tu prennes un poste au fin fond de l'Alaska.

Dan déglutit et se tourna vers la vue de la fenêtre de devant. Cela allait être difficile.

— Je ne sais pas. Il est mort.

Un silence prudent et feutré suivit sa déclaration. Dan tambourina le rebord de la fenêtre et se retourna.

— Du moins, je pense qu'il l'est.

Karl vint se percher sur le bord du coussin du canapé, ses yeux bruns expressifs doux de sympathie.

— Il est présumé mort. Il a disparu – perdu en mer – mais ça n'avait aucun sens, dit Dan haussant ses épaules avec une tension qu'il ne pouvait pas combattre.

— Ton frère a été perdu en mer ? demanda Karl en se levant.

— Il a toujours été un meilleur nageur, plus fort que moi. Et tu m'as vu. L'eau est le dernier endroit où il aurait disparu – dans des conditions de survie correctes, bien observées, suivies au pied de la lettre, sauf la partie où il a bougé et a disparu. Quelque chose d'autre a dû se passer. Du moins, c'est ce que j'ai juré lorsque j'ai appris la nouvelle.

Dan tira sur ses lèvres pour arrêter de parler.

Le regard de Karl scintillait d'éclats mobiles d'évaluation que Dan pouvait presque suivre.

— C'est pour ça que tu es venu ici, pour découvrir ce qui lui est arrivé?

— Quoi? dit Dan, en inspirant durement.

— Neal. Axe. Ton frère, dit Karl, sa mâchoire se contractant. C'est pour ça que tu es venu jusqu'ici?

— Comment ça?

— Pourquoi avais-tu cette clé?

L'esprit de Dan courut pour répondre. Il ne devait pas être surpris que Karl ait compris si vite et qu'il ait déjà supposé la moitié de ce qu'il disait, mais cela le déconcertait quand même.

— La clé?

— Du bateau que nous venons d'abandonner, répliqua Karl en soufflant. Le bateau sur lequel quelqu'un a gardé une putain de réserve de meth.

— C'est censé ouvrir une cabane. Mais ça ne rentrait pas dans le cadenas, et je pense que mon frère... dit Dan brièvement. Oui, Axe était mon frère – a envoyé la mauvaise par erreur.

— Merde.

Karl regarda Dan de haut en bas, un regard que celui-ci sentit traverser chaque pore et chaque terminaison nerveuse.

— Je n'aurais jamais deviné. Je vois un peu la ressemblance, et il y a quelque chose de familier dans certains de tes gestes, mais je ne le vois que maintenant que je sais, dit-il avec un bruit d'impatience comme si ce n'était pas ce qu'il avait l'intention de dire. Tu es donc venu ici en le suivant.

— Oui.

— Et? dit Karl en levant un sourcil sardonique.

— Et je ne savais pas que cette merde sur le bateau existait avant aujourd'hui. Nous sommes restés en contact, d'accord? Mais après qu'il a quitté la maison, nous nous parlions de moins en moins. Et pas comme s'il me disait: hé mon frère, je suis occupé avec un empire de méthamphétamine ici. Comment ça va? se moqua-t-il. Même à l'époque, il était toute ma famille et veillait toujours sur moi. Et tout à coup, on m'annonce qu'il est parti en faisant ce qu'il faisait de mieux? Je ne pouvais pas croire qu'il avait simplement disparu, et j'ai dû venir voir par moi-même où cela s'était produit. Et qui l'a laissé faire.

— Tu recherches toujours ça ? Un coupable ? dit Karl, ses mains se crispant en poings. Tu m'en veux ?

— Non, répondit immédiatement Dan, un peu trop fort peut-être.

Mais il ne voulait pas et ne pouvait pas le nier. C'était un gâchis, mais ce n'était pas la faute de Karl, et il ne pouvait pas laisser ce dernier en prendre la moindre responsabilité.

— Je l'ai fait au début, avant que j'arrive ici. J'ai pensé qu'il ne pouvait pas descendre tout seul, et qu'il devait y avoir autre chose. Tu étais avec lui lors de ce sauvetage, tu en étais responsable et c'est sous ta surveillance qu'il est mort.

La couleur disparut des yeux de Karl, et un muscle se contracta dans sa mâchoire. Son immobilité absolue troubla Dan.

— C'est vrai.

— Non, ce n'est pas vrai, pas vraiment, dit-il en tendant la main vers Karl, mais il plia ses doigts sur ses mains, les serrant en poings, et ramena ses bras vers lui. J'ai cessé de penser que tu étais un tant soit peu responsable lors de notre premier sauvetage. Il n'y a pas de moyen que tu sois aussi bon avec moi sur un travail aussi simple, mais que tu négliges Axe dans une mer agitée avec un choix terrible à faire.

Karl hocha la tête, mais ne se détendit pas.

— Je le pense vraiment. Et je suis désolé de t'avoir blâmé, même si je n'en avais aucune idée avant d'arriver ici. Tu sais ? De toute façon, j'ai lu le rapport, et alors tous les doutes ont disparu, dit-il avant de lever ses deux mains à l'expression de Karl. Qu'est-ce que tu aurais fait ?

Karl pinça les lèvres, mais sa longue expiration était révélatrice.

— Tu as trouvé le rapport dans la salle des archives et tu l'as lu jusqu'au dernier mot, dit-il en secouant la tête. Donc, d'accord. Axe est ton frère, tu as appris qu'il était mort, tu es venu ici pour découvrir ce qui s'est passé. Et maintenant ?

— Je ne suis pas sûr. Je n'ai pas encore tout compris.

— C'est valable pour nous deux, affirma Karl en massant son cou, puis secouant la tête d'un côté à l'autre pour la faire sauter. Vous avez des noms de famille différents.

Dan réfléchit un moment à cela avant de répondre.

— Nous avons eu des pères différents. Aucun n'est resté longtemps dans le coin, dit-il ses doigts dansant d'inconfort.

— Ça arrive. Je suis désolé que cela soit arrivé à ta famille.

Dan hocha la tête et repoussa des larmes soudaines.

— La plupart des gens n'ont pas eu une réaction aussi raisonnable ou sympathique – parmi les rares qui l'ont appris.

— Quand l'a-t-il envoyé? demanda Karl en mimant le geste de déverrouiller. La clé.

— Il y a des années. Peu de temps après son arrivée ici, dit Dan en essayant de comprendre le timing. Il m'a dit qu'il était venu ici avec beaucoup d'économies. Il a dû acheter la cabane et le bateau à la même époque.

— La cabane de Swift?

Dan acquiesça.

— La cabane réputée pour avoir été un laboratoire de méthamphétamine.

Le jeune homme pensa à l'odeur âcre et à la tache dans cet endroit, à quel point il était stérile et sinistre, comment des années plus tard, Axe n'en avait rien fait, à part le laisser pourrir. Il détourna son regard de celui exigeant de Karl et hocha la tête, embarrassé par un fait qui n'était pas sa faute, mais qui était inexorablement lié à lui.

— Tu as visité la cabane, le jour où je t'ai rattrapé et conduit à Eider. Et tu l'as laissée dans un état pire que celui dans lequel tu l'avais trouvée.

Ce n'était pas vraiment une question, mais Dan hocha de nouveau la tête.

— Merde, s'exclama Karl en balayant l'air d'une main et s'éloignant brusquement.

Le cœur de Dan s'effondra.

Karl fit le tour de la table et revint pour frapper d'un doigt la poitrine de Dan tout aussi rapidement.

— Tu aurais pu être tué.

— Euh… marmonna Dan en laissant échapper un soupir confus.

Il ne savait pas quoi faire des questions de Karl et de son changement rapide d'attitude. La cabane effondrée semblait être un rêve lointain.

— Je vais bien. Et juste pour que tu saches, je n'ai rien trouvé dans la cabane. Ce qui était censé être ou qui a été transformé en quelque chose est mort bien avant mon arrivée.

Karl ne réagit pas. Au lieu de cela, il rassembla leurs tasses et s'occupa de leurs vêtements trempés. Il les essora dans l'évier et les jeta dans un séchoir caché dans une alcôve qui était déguisée avec les mêmes armoires en pin. La cuisine était teintée de vert sauge pour contraster avec le sol naturel plus sombre et les murs plus clairs. Il lava les tasses presque comme s'il méditait et les plaça dans le séchoir.

— Donc la clé du bateau, la méthamphétamine et Axe perdu en mer sont tous des coïncidences ? dit Karl en quittant la cuisine pour piquer une bûche qui s'effondra en braises orangées. Ou une combinaison de celles-ci est la raison pour laquelle il a disparu.

Dan avait pensé ça pendant un moment. Il n'avait pas voulu le dire, et l'entendre le déchirait. La réalité de tous ces paquets de meth lorsqu'il s'était tenu sur le bateau l'avait frappé en pleine poitrine et lui avait coupé le souffle. Tout ce qu'il entendait, c'était un bourdonnement aigu, le bruit de son pouls dans sa gorge et sa tête qui se déchirait. Seule la réaction de Karl à la personne qui montait sur le bateau l'avait sauvé de la mort.

— Axe ne se droguait pas quand nous étions gamins. Il m'a mis une sacrée raclée lorsqu'il est venu me rendre visite et qu'il a découvert que j'avais essayé l'herbe. Une fois. Ça ne lui ressemble pas, dit-il en ouvrant une fenêtre afin de pouvoir entendre l'océan.

C'était faible par rapport au vent, mais il était là, le rassurant et l'ancrant.

— Peut-être qu'il le faisait, et que je ne le savais pas. Peut-être que je ne l'ai jamais connu.

Il ferma les yeux, serrant ses paupières pour arrêter une autre montée de larmes.

— Tu l'as connu. Mais il a peut-être changé pendant les années où vous étiez séparés. Il était un adulte, et tu étais encore en train de grandir. Ça fait une différence, dit Karl en frottant son front, puis secouant la tête. Mais je vais te dire, nous nous voyons assez souvent ici pour savoir si quelqu'un consomme. Neal – ton frère – n'a jamais agi de cette façon. Il se passait autre chose.

— Oui. Ça se pourrait bien.

— Cela ne laisse pas beaucoup d'options agréables, je m'en rends compte, mais je ne pense pas qu'il serait impliqué dans une telle quantité pour un usage personnel.

Dan retourna aux notes de Ridge, et Karl le laissa faire. Il cliqua plusieurs onglets de la feuille de calcul et lut des noms qu'il ne reconnaissait pas. Mais tout cela menait à la même histoire – Axe devait de l'argent à des gens. Beaucoup d'argent. Ridge avait suivi les noms. C'étaient surtout des jeux d'argent en ligne et quelques prêts à court terme. Pendant un temps, son frère avait transféré de grosses sommes d'argent à intervalles irréguliers, remboursant juste assez pour survivre un peu plus longtemps. Mais ensuite, ces afflux avaient cessé, et les dettes et les prêts étaient restés impayés, dus à d'autres entreprises similaires.

Les drogues, les jeux d'argent et les mauvais prêts. Tout cela ajoutait une bonne raison pour que quelqu'un s'en prenne à Axe. Ou une bonne raison pour disparaître.

Sa nage jusqu'au bateau des gardes-côtes était à peu près à la même distance que de l'épave jusqu'au Fairweather. C'était possible. Disparaître – oui, c'était possible.

— Alors ? dit Karl, juste derrière lui.

Dan retira ses mains du clavier et de la souris comme si ceux-ci le choquaient. Il se tordit sur le banc, se plaça entre l'autre homme et l'écran, et ferma les documents les uns après les autres. Ils étaient en sécurité sur un serveur neutre que Ridge avait mis en place. Il éteignit l'ordinateur portable et se retourna vers le feu, malgré le regard de Karl qui le suivit.

Il hésitait à partager cette partie de sa théorie avec Karl. C'était tiré par les cheveux et trop douloureusement possible. Les conséquences plus importantes étaient plus qu'il ne pouvait comprendre, et encore moins les mettre en lumière pour que Karl puisse les examiner et les analyser.

— Axe avait des dettes assez importantes.

Ça, il pouvait le partager, et Karl l'apprendrait probablement de lui-même si les choses se gâtaient.

— Dettes importantes. Jeux d'argent. Il en avait par-dessus la tête.

Karl tapotait l'ordinateur portable avec une articulation, semblant réfléchir. Il vérifia le sèche-linge, le relança un peu, puis il rejoignit Dan près du feu.

— Axe a bien commencé. Nous ne sommes jamais devenus amis, mais je le respectais, parce qu'il effectuait son travail. Il n'a jamais bâclé un sauvetage. D'accord ?

Le ton de Karl était bas et doux, comme s'il pouvait effrayer Dan. Il tendit la main et effaça une larme sur la joue de Dan, et l'humidité se répandit sous son pouce.

Dan réalisa qu'il avait commencé à pleurer. Des larmes lentes, lourdes et silencieuses, alors qu'un malaise grandissait dans son cœur. Karl le prit contre lui, et Dan s'accrocha tandis que l'autre homme les berçait.

— Tu te souviens de ce que j'ai dit sur le fait que cet endroit peut atteindre certaines personnes ?

Dan chercha dans son cerveau embrumé, et les mots le pénétrèrent, comment certaines personnes se perdaient, étaient dévorées vivantes, s'adonnaient à toutes sortes de vices en désespoir de cause afin de combler le vide qu'une existence si difficile en Alaska exigeait.

Comme s'il sentait ses pensées, Karl hocha la tête.

— C'est vrai. Certaines personnes prospèrent, et d'autres sombrent. Je pense qu'Axe a sombré. Nous ne l'avons juste su que trop tard, dit-il en soupirant et serrant Dan plus fort contre lui. Je suis désolé. J'aurais peut-être dû en faire plus, mais Axe faisait son devoir, se tenait à l'écart et ne causait pas de problèmes. Après ça, on ne pense pas à fouiner par ici.

Il tapota le dos du jeune homme et commença à s'éloigner. Dan laissa échapper un bruit gênant, presque un gémissement, et Karl le calma. Il n'avait pas été réconforté ou tenu depuis longtemps. Il n'avait pas eu quelqu'un qui se souciait de lui et qui veillait sur lui, qu'il le veuille ou non, comme Karl le faisait déjà. C'était bon, et il en avait besoin, il en avait envie comme Karl, même s'il luttait jusqu'à son dernier souffle pour ne pas le reconnaître. Ses mains se convulsèrent, et il enfouit son visage dans le cou et les épaules de Karl.

Dan était conscient de trop de choses – leurs poitrines nues pressées l'une contre l'autre, la chaleur, la force, et la sécurité rassurante de l'étreinte de Karl, ces documents et les notes de Ridge décrivant le déclin d'Axe dans les dettes et la ruine. Axe s'était éloigné et avait été perdu pour lui, des années avant sa disparition. Certaines personnes n'étaient pas capables de garder la ruine à distance, peu importe où elles se trouvaient.

Karl se recula pour le regarder, son regard se portant sur sa bouche, et Dan lutta pour calmer la fièvre qui faisait rage dans son esprit et son corps.

— Désolé, désolé, dit-il en laissant échapper un soupir et il s'éloigna un tout petit peu.

Dan leva son visage pour le suivre.

Karl l'embrassa, un doux rien, et frotta son nez le long de la joue de Dan. Celui-ci soupira et chassa les lèvres de Karl avec un baiser à son tour, écartant ses doigts pour se mouler aux côtes de l'homme et retenir sa profonde respiration dans ses paumes, et la tension tomba comme des cordes que l'on coupait.

Son corps bourdonnait et son cerveau baignait dans un brouillard. Il ne pouvait pas faire plus que tenir bon. Ses nerfs étaient à vif, et l'adrénaline brûlait dans ses muscles.

Karl se recula pour le regarder, et Dan cligna des yeux avant de l'inciter à revenir. Ses lèvres s'ouvrirent avec un désir instinctif et une invitation, et son compagnon les fixa comme s'il ne savait pas quoi faire ensuite. Puis une alarme brisa leur état fragile, et Karl se libéra afin de traverser la pièce.

Puis il se rigidifia et jura avec une frustration gutturale. Dan tituba alors que l'urgence du devoir et de l'action le traversait, la fatigue, la colère et l'excitation étant une dangereuse vague s'engouffrant en lui.

— Ma radio météo, dit Karl en appuyant sur un bouton, faisant taire les bruits d'alerte grinçants et les avertisseurs statiques d'une tempête à venir. Nous devrions rentrer.

Il alluma le feu à combustion lente et ferma le pare-feu. Dan sortit leurs vêtements du séchoir, et ils s'habillèrent dans un étrange silence. C'était trop de choses à penser et à porter – leur baiser, les révélations sur Axe, ce qu'il fallait faire à ce sujet – et Dan se figea tristement. Mais alors Karl l'attrapa et s'accrocha à son avant-bras alors qu'ils sortaient de la cabane. Il le guida vers une petite dépendance, et le contact le rassura.

— Attends ici, dit Karl en ouvrant la porte basculante pour révéler l'assemblage habituel de matériel de garage et un grand et robuste quad. Il le démarra et le dirigea vers l'extérieur.

Dan retrouva assez d'esprit pour fermer la porte, et Karl lui tendit un casque et tapota le siège derrière lui. Il grimpa, reconnaissant d'avoir trouvé l'excuse d'agripper Karl et de s'ajuster plus que près alors que celui-ci descendait son allée de gravier pentue et roulait sur l'accotement de la route qui suivait la courbe de la crique.

Derrière lui, Dan souleva sa joue de son dos et plissa les yeux dans la brume et le ciel vert et cuivré. Il n'aurait pas été capable de trouver la cabane de Karl dans les arbres s'il n'avait pas été sûr qu'elle se trouvait là.

Karl emprunta la route qui surplombait l'endroit où le bateau d'Axe était amarré. Celui-ci était toujours absent. Ils continuèrent jusqu'à la station et s'arrêtèrent à temps pour voir l'autre équipage décoller. Karl rangea le quad à l'abri dans le hangar et prit le casque de Dan.

— Nous devrions manger et nous reposer, au cas où nous serions appelés. Ils pourraient avoir besoin de renfort, et avec ce temps qui se déplace vers l'intérieur…

Le haussement d'épaules éloquent de Karl parlait de lui-même. Dan traînait les pieds. L'épuisement l'accablait. Il avait obtenu bien plus que ce qu'il avait négocié lorsqu'il avait impulsivement suivi Karl ce matin-là après l'avoir entendu avec Bennett.

Il était presque sûr que son collègue voulait qu'il l'entende, et qu'il le voulait aussi plus tôt, lorsqu'il avait discuté du bateau avec Yaz, mais il n'avait pas l'énergie d'y penser.

Ils se rendirent au mess, et Dan le laissa mettre ce qui était chaud sur un plateau. Il s'enfonça dans une chaise et se souvint tardivement qu'il aurait dû prendre quelque chose à boire. Karl remédia à cela. Il leur apporta des tasses et toute la cafetière en verre, et il s'assit juste à côté de lui. Leurs genoux se touchaient, et Dan appuya plus fort contre celui de Karl sans faire semblant de ne pas le faire pendant qu'il mangeait sans rien goûter. C'était tout ce qu'il pouvait faire, mais c'était la bouée de sauvetage dont il avait désespérément besoin.

CHAPITRE HUIT

ILS s'étaient reposés lorsque l'alarme les avait rappelés au poste hier, et avaient eu des heures de service sans histoire. Se coucher était étonnant et étrange. Il écoutait les respirations profondes de Dan comme il l'avait fait nuit après nuit, mais il les entendait différemment. Ou alors, le jeune homme semblait différent, plus posé, et Karl était en phase avec cela. Le matin, Dan était enfoui dans son oreiller, et il lui sourit, un salut silencieux à travers la pièce lorsqu'il ouvrit les yeux. Cela faisait toutes sortes de choses folles à l'endroit où son esprit et son sang se précipitaient.

Ils partirent tôt afin de vérifier la cabane, juste au cas où Dan aurait raté quelque chose, mais cela ne semblait pas être le cas. Karl donna un coup de pied dans les décombres de la cheminée, recula dans les herbes environnantes, et se tint debout, les mains sur les hanches. Une peur irrationnelle le saisissant d'une main froide alors que Dan racontait ce qui s'était passé. Le mur en ruine aurait pu tuer le jeune garde-côte.

— Je suis d'accord, il ne semble pas y avoir quelque chose d'utile ici.

Karl résista à l'envie de rappeler à Dan qu'il n'avait pas encore fouillé la ruine et soulevé des planches au hasard.

Il espérait trouver un indice super pratique et révélateur, comme un registre de comptabilité de méthamphétamine, s'il en existait un, ou une lettre pour Dan cachée dans le plancher. Mais entre la réalité, la recherche initiale de Dan et la ruine évidente qu'était devenue la cabane de Swift, il savait qu'il n'y avait rien de tel.

Dan testa une longueur de ce qui semblait être une partie d'un mur avec des pressions fermes de son pied. Il marcha dessus, les planches craquèrent d'une manière inquiétante et commencèrent à se déplacer vers l'avant dans un lent glissement de terrain. Les bras de Dan s'agitèrent, et il se tint en équilibre comme sur une planche de surf. Tout ralentit presque jusqu'à l'arrêt, puis sembla se liquéfier et glissa sous la position de Dan vers le bord de la cour.

Le sang de Karl se mit à bouillir et il sauta sur les restes du porche, et le ramena sur un sol stable. Des morceaux de bois, de la tôle ondulée et des pierres de fondation tombèrent dans un gémissement et se fracassèrent contre les arbres en descendant le flanc de la montagne.

Karl atterrit durement sur ses pieds dans l'herbe, et Dan se retourna pour atterrir sur lui. Il attrapa la hanche de Dan et leva l'autre sur sa poitrine. Sa colère s'enflamma rapidement.

— Qu'est-ce que tu fais, bon sang? Je ne suis pas là pour te regarder passer par-dessus cette foutue montagne, et être obligé de trouver un moyen de remonter tes os.

— Nous sommes là pour regarder autour de nous, alors je regarde autour de moi, répliqua Dan en s'arrêtant en trébuchant, posant ses mains sur les bras de Karl.

Il ne semblait pas s'inquiéter ou être intimidé par le ton tranchant de son collègue ou même remarquer qu'il avait failli mourir.

— Merde.

Karl voulait répliquer qu'il devrait faire plus attention, mais debout si près de lui, Karl pouvait facilement se rappeler avoir embrassé Dan et comment le jeune homme l'avait laissé faire. C'était un moment de faiblesse irréfléchi, mais la détresse de Dan et l'atmosphère isolée de sa cabane lui avaient fait oublier temporairement qu'il n'aurait pas dû. Les lèvres de Dan étaient douces, prêtes à réagir s'il en demandait plus, et son goût était doux avec des notes de café et de saumure. Il n'avait pas d'excuse pour l'embrasser à nouveau.

— Je ne peux pas croire que je t'ai laissé venir ici seul.

— Tu ne savais même pas que je venais ici ce jour-là, donc ce n'est pas comme si tu m'avais laissé ou que c'était ta responsabilité ou quoi que ce soit, répondit-il en fronçant les sourcils.

— Terrible excuse, marmonna Karl, agacé contre lui-même de l'avoir dit.

Il jeta un coup d'œil autour de lui. Des traces de pneus profondes défiguraient l'accès envahi par la végétation et la partie de la cour avant.

— Est-ce que ces traces étaient ici la dernière fois que tu étais là?

Dan suivit son regard et secoua la tête.

— Il semblait que personne n'était venu ici depuis des mois. Mais les hommes de la station avaient entendu dire qu'elle s'était écroulée, donc ce n'était pas comme si c'était un secret. Penses-tu que quelqu'un est venu ici pour chercher… ce que nous espérons trouver?

— Probablement pas. Pourquoi s'embêter après l'avoir laissée abandonnée pendant si longtemps? Et tu as dit que ta recherche était minutieuse, dit Karl en reculant d'un petit pas, mais sans parvenir à lâcher Dan. L'explication la plus probable est que quelqu'un a entendu parler de sa destruction et est venu faire de l'acrobatie et récupérer quelques pièces.

— Récupérer quoi? dit Dan en observant le tas de gravats.

— Il y a plein de choses à récupérer pour en faire quelque chose, les pierres de la cheminée valent à elles seules le coup. Nous pratiquons beaucoup le recyclage par ici.

— Recyclage. C'est tellement californien de votre part.

Karl grimaça un sourire, et le pouls de Dan battit plus fort sous sa main. Il aimait cette réactivité et l'imaginait dans un autre contexte, avec les joues du jeune garde-côte rougies par un effort d'un genre bien différent, les yeux brillants et le souffle lourd, vautré sous lui avec ce battement de cœur répondant à ses demandes.

Il s'éclaircit la gorge, se dégagea de leur étreinte et ignora la façon dont les mains de Dan se resserrèrent brièvement comme pour le maintenir en place. Ils restèrent silencieux pendant un long moment, puis Dan se retourna pour balayer d'un dernier regard l'emplacement de la cabane.

— Axe vivait à la station, n'est-ce pas?

— Oui.

Karl se dirigea vers la cheminée abattue et toucha les pierres, juste au cas où. Aucune ne bougea ou ne tomba pour révéler un indice magique et manquant.

— Alors pouvons-nous fouiller sa chambre? Les trucs qu'il a laissés derrière lui?

— Nous avons tout envoyé à ta mère, répondit Karl, pris de court.

Dan s'approcha de nouveau, alors que quelque chose de trouble passait dans son expression. Il passa un doigt le long du revers de la veste de Karl – un signe de détresse que ce dernier avait remarqué – et Karl leva instinctivement la main pour l'inciter à se rapprocher.

— Ma mère est morte, dit Dan en secouant la tête au faible bruit d'inquiétude émis par son collègue, et son sourire était larmoyant, mais stable. Ce n'est pas récent, et ce n'était pas un choc au moment où s'est arrivé, vu comment elle vivait – elle buvait… tout. Ce n'est jamais facile d'en parler et d'être désinvolte, mais ça ne m'énerve pas ou quoi que ce soit.

— Elle était inscrite comme parent le plus proche d'Axe. Il a probablement oublié de mettre ça à jour après sa mort.

Il avait à nouveau une prise ferme sur Dan, et avec leurs visages collés l'un contre l'autre, il ne pouvait pas lutter contre son désir de réconfort et de contact.

Dan soupira et se pencha sur lui.

— Non. Il n'a pas oublié. Elle est morte avant qu'il ne s'engage.

Il piétina, puis aplatit sa main sur le sternum de Karl. Il utilisa cela pour se repousser, et se redressa, sa bouche serrée en une ligne déterminée.

— Nous devons obtenir l'adresse où tout a été envoyé. Et j'ai besoin d'un signal téléphonique.

— J'ai une idée de l'endroit où nous pouvons trouver les deux. Mais nous avons un autre arrêt à faire avant d'y arriver, dit Karl en jetant un autre coup d'œil à la cabane avant de se diriger vers la Jeep. Tu pourrais probablement réclamer la propriété de ceci, tu sais, puisque Axe en était le propriétaire.

— Je ne veux rien avoir à faire avec ça.

Dan fit une pause, souffla et tourna le dos à l'édifice écroulé.

— Je peux peut-être trouver comment récupérer tout ça pour le recycler, et ensuite laisser le lieu à la nature.

Karl hocha la tête et s'assura que Dan suivait. Il balaya l'horizon à 360 °.

— Quoi ?

— Juste pour être sûr, dit-il en faisant un geste en direction de l'océan. Qu'est-ce que tu vois ?

Il connaissait la terre et ses motifs comme sa propre peau. Apprendre et connaître ses habitudes lui avait permis de prendre de l'avance dans de nombreuses situations et de sauver sa peau plus d'une fois. Il voulait enseigner cela à Dan.

Celui-ci prit plusieurs minutes pour scruter tout autour de lui, comme Karl l'avait fait. Il s'arrêta de nouveau, face à l'eau, une brume sombre et plate au loin.

— Des nuages venant du sud-ouest, et on peut voir la pluie en rideau au loin, un ciel jaunâtre à l'est, de la brume qui commence à s'accrocher aux montagnes, et je pense que la température est en train de baisser, dit-il en vérifiant sa montre. Et oui, c'est le cas. Le baromètre aussi.

Karl se rapprocha de Dan afin de pouvoir pointer un doigt du point de vue de Dan.

— Surveille ces nuages. Le sud-ouest est généralement générateur de nos plus gros temps, les plus forts. Le baromètre en baisse, même ici, est un autre indicateur – nous donnant cette brume – tout comme les conditions à l'est. Si l'est reste bleu et clair ? Nous avons un bon coussin protégeant la terre contre le temps qui se prépare au-dessus de l'océan. Cela fera toujours des ravages là-bas, il est donc bon de penser à la forme de la crique, aux courants et aux voies de navigation.

Dan se pencha en arrière afin de suivre les indications de Karl et se retrouva bercé contre celui-ci, poitrine et jambes et dans l'échancrure de son bras levé. Karl s'imprégna de la chaleur du jeune garde-côte, chaude même dans l'air froid et le vent qui traversait cette péninsule de terre et se jetait dans la mer. Il se tourna afin de montrer les indicateurs du flux de la marée et de la direction du vent, et leurs nez se frôlèrent. Dan s'avança et Karl regarda ses lèvres douces se séparer. Il s'attendait à un baiser plutôt qu'à une question.

— J'ai toujours pensé que le côté est de la crique était mieux protégé que l'ouest, étant donné son exposition frontale à l'océan. Mais la station épouse la courbe de l'est, donc est-ce que ça l'aide à se protéger du pire ?

Karl s'efforça de comprendre les mots et il décrocha lorsque Dan lécha ses lèvres. Il lécha les siennes, et le regard du jeune homme tomba sur elles, s'attarda, puis remonta.

— Oui. Oui, surtout.

Sa voix se brisa. Il se laissait distraire, trop souvent, trop facilement.

— La station est au milieu de tout cela, mais vraiment, où peut-on être mieux ?

— C'est vrai. Je regarderai combien il se passera de temps avant que la pluie n'arrive ici. Si elle arrive, dit Dan en regardant à nouveau autour de lui. Je pense que nous avons pratiquement épuisé toutes les pistes possibles ici.

Karl était d'accord. Cela valait la peine de revenir et de s'en assurer, mais c'était quand même décevant. Ils montèrent dans la voiture, et il descendit la colline, moteur éteint. Il démarra au stop et se dirigea vers l'ouest.

— Si je reste à long terme ici, en Alaska, je veux une jolie petite maison avec vue sur l'océan.

— Quoi ?

Karl avait entendu ce que Dan avait dit, mais il voulait quand même le faire répéter.

— Une vue sur l'océan, comme chez toi. Voir le temps qu'il fait et toujours entendre les vagues. C'est là que je vivrais, si ce n'est pas à la station, expliqua-t-il en tambourinant sa jambe, et Karl le regarda, notant la couleur qui envahissait ses joues. Je veux dire, tu sais.

Karl grogna pour ne pas lui dire que cela semblait génial et qu'il serait le bienvenu. Il savait qu'ils étaient compatibles, depuis le peu de temps qu'ils partageaient une chambre – tous deux sans histoires, respecteux de l'espace et des habitudes, avec des préférences similaires pour leur façon de passer leur temps libre. Il en était venu à aimer le son de Dan qui fouillait dans la chambre pendant qu'il lisait ou de Dan qui lisait tranquillement pendant qu'il s'occupait de ses tâches quotidiennes, et après avoir laissé son esprit vagabonder en contemplant cela, il dut lever une jambe et se mettre dans une position moins contraignante. Au temps pour le fait de ne plus y penser.

— Ton frère s'est engagé lorsque ta mère est morte ?

— En quelque sorte. Ça a toujours été son plan – enfin ça ou le surf professionnel. Il a essayé ça pendant un moment, en plus de quelques emplois de sauveteur, et il n'a fait que lutter. Mais la Garde l'a engagé à la minute où il est entré dans le bureau de recrutement. Je pense qu'il a essayé de faire du surf pour rester un peu plus longtemps à la maison, mais ce genre d'instabilité ne peut pas durer. La Garde l'a nourri et l'a même payé.

— Alors, qui s'est occupé de toi après son départ ?

Karl n'aimait pas l'idée que Dan grandisse seul, et cela ressortait dans sa voix.

— J'avais quatorze ans quand il est parti, répondit le jeune homme en lui souriant. Nous avons trouvé un moyen de nous en sortir avec lui à la maison juste assez souvent tandis que je faisais profil bas à l'école et dans des emplois à temps partiel. J'ai réussi à terminer le lycée avec l'aide d'une gentille voisine qui avait toujours eu un faible pour nous, et je me suis engagé le jour où j'ai eu dix-huit ans.

Le plus profond de l'âme de Karl s'effondra lorsqu'il prit conscience de l'ampleur du récit calme et sans chichis de Dan.

— Je suis désolé, dit-il en attrapant son poignet et le serrant fort. Tu n'agis pas comme si tu en avais besoin et ce n'est pas de la pitié, mais je suis quand même désolé. J'ai grandi en pensant que je détestais mes parents pour être si intrusifs – impliqués, protecteurs, solidaires – et je n'échangerais ça pour rien au monde maintenant. Je ne peux même pas imaginer.

— Merci, dit Dan, mais sans retirer son bras. C'était tout ce que je connaissais. Ça aurait pu être bien pire, et j'ai fini par m'en sortir. J'ai passé beaucoup de temps à la plage, j'ai appris à faire les macaronis au fromage en boîte et des sandwichs au fromage grillé. J'ai beaucoup lu et j'ai été le seul cadet à me présenter en sachant comment faire sa lessive, cuisiner des ramens dans une cafetière et tenir un budget. Je ne me plains pas.

Il avait l'air sincère, mais Karl devait le regarder dans les yeux pour être sûr. Il s'arrêta juste avant la route où ils devaient tourner, et étudia le visage de son passager.

— Vraiment ?

— Vraiment, assura Dan en couvrant la main de Karl avec la sienne, rougissant d'un rose heureux et timide que Karl n'avait jamais vu auparavant. C'est en fait plutôt agréable que tu t'inquiètes, mais ça va vraiment bien. Ce n'était pas si mal, et je n'ai jamais pensé que ce serait différent.

— Je comprends. Ça ne veut pas dire que je dois aimer ça. Et pense juste que, tout ce temps, j'ai pensé à toi comme à un gamin.

— C'est bien, puisque je n'ai pas encore dépassé le stade de l'enfance, s'exclama-t-il en tapant l'avant-bras de Karl avec les doigts de son autre main. Tu sais, personne ne s'est jamais soucié ou n'a pensé à demander avant. Je ne l'ai jamais dit à personne non plus.

— Ils auraient dû. Quelqu'un aurait dû le remarquer et demander en cours de route, répliqua celui-ci, ses narines se dilatant, et une colère protectrice s'installant dans son estomac.

Le petit sourire de Dan se réchauffa.

— Peut-être, mais les gens voient ce qu'ils veulent voir, et j'ai fait en sorte d'être perçu comme allant très bien. Et maintenant, je suis là et je vais réellement très bien. Je suis bien avec ça.

— Tu es là, murmura Karl.

Il voyait plusieurs émotions vaciller dans les yeux de Dan, mais aucune n'était un mensonge ou un regret.

Ce dernier serra sa main, et l'air crépita autour d'eux. Il se concentra sur les lèvres de Dan, sur la couleur qui continuait à assombrir sa peau, et sur le battement du pouls au niveau du creux de son cou. Dan le regarda expirer avec un long et bas soupir rempli d'un désir qu'il ne pouvait pas cacher, puis rire.

Dan cligna des yeux et se recula.

— Où sommes-nous exactement ?

105

Karl eut soudain froid dans le dos en se rappelant qu'ils étaient arrêtés sur la route, au milieu de nulle part. Il ravala son cœur à sa place, appuya sur l'accélérateur et tourna.

— Nous y sommes presque.

La lumière du soleil dansant sur l'eau rebondissait sur les nuages qui approchaient alors qu'ils arrivaient en vue de la crique. Il suivit une courbe en S paresseuse jusqu'à la rive basse et rejoignit la route qui passait au-dessus des docks. Ce ne fut pas long, et il gara sa Jeep afin qu'ils aient une vue parfaite sur le bateau d'Axe.

— Je me demandais s'il était de retour. J'aurais dû penser à le marquer au GPS ou d'une autre manière. Yaz ne savait pas qui l'avait pris pour faire un tour l'autre jour. Personne ne semble le savoir.

— Nous n'avons pas vraiment eu l'occasion de le faire. Et je n'avais pas un vieux téléphone portable ou un traceur sous la main. Et toi ? demanda Dan en sautant de la voiture. Allons voir si la cargaison est toujours à bord.

Il combattit l'idée pendant une seconde, puis il rejoignit Dan pour descendre les escaliers vers les docks. Karl était content d'avoir le couteau qu'il portait toujours attaché à sa jambe. Il baissa le volume de sa radio. Les quais étaient calmes, et il n'y avait personne autour. Ils montèrent sur le bateau sans problème.

Dan sortit la clé, mais il se figea devant la porte. Il souleva le loquet et haussa les sourcils. Le cadenas n'était plus là. Tout comme la caisse et toute la meth.

— Merde, s'exclama Karl en ouvrant ses mains en signe de frustration. Quelqu'un s'est dit que le bateau a été repéré, ou c'est juste un mauvais timing et la drogue était en route lorsque nous l'avons découverte.

— Et maintenant ?

— Je suppose que tu n'as pas de traceur sous la main, dit Dan en soupirant et secouant la tête. Nous aurions dû rester et découvrir où il allait.

— Comment ? Je pouvais à peine tenir, et tu n'étais pas mieux. Nous n'étions pas habillés pour ça, encore moins armés si nécessaire, et personne ne savait où nous étions, donc nous n'avions aucun renfort, dit Karl en quittant le bateau et se dirigeant vers le quai.

Même s'il voulait être d'accord avec Dan, c'était impossible. Cela n'aurait pas fonctionné, et cela aurait été trop dangereux.

106

— Quelqu'un qui aurait transporté autant de saletés n'aurait pas apprécié de nous découvrir, et si nous nous étions retrouvés à des kilomètres de là, en territoire inconnu, nous aurions été encore plus vulnérables.

Karl se détourna alors que Dan restait obstinément fixé sur le bateau.

— Si tu veux traîner ici, je t'en prie. Je vais voir si je peux avoir un bon réseau et cette adresse.

Cela n'avait pas vraiment de sens, mais Karl s'en fichait.

Dan souffla assez fort pour que son collègue le comprenne, puis il courut après lui.

— Ne devrions-nous pas rester dans les parages et le suivre ? Quelque chose ?

— Comment ? Vas-tu nager pour le suivre ? J'ai entendu dire que tu étais bon à ça, répliqua Karl en grimpant les escaliers en courant avant de s'arrêter en haut. Désolé, je suis frustré.

— Oui, sans blague, dit Dan qui était juste derrière lui et n'était même pas essoufflé par la montée.

Il leva les yeux au ciel, mais poussa Karl vers la Jeep.

— Je comprends, crois-moi.

Ils passèrent le court trajet en silence alors qu'Eider semblait s'enrouler autour d'eux et qu'il s'engageait dans le parking vide d'un magasin.

— Bien sûr, ici, s'exclama Dan en riant.

Il descendit de la Jeep et attendit juste à l'intérieur du magasin en tenant la porte pour Karl.

Celui-ci se souvint qu'il avait besoin de lessive et il alla en chercher ainsi que sa dose habituelle de barres chocolatées.

— Ratchet, quel est le mot de passe du Wi-Fi ?

— Eider up yours. Un seul mot, pas de majuscules.

Ratchet encaissa Karl, mais ne clôtura pas la transaction au cas où il penserait à autre chose.

Dan avait sorti son téléphone et commençait à pianoter sur un message. Karl se renfrogna devant le sourire affectueux qui illuminait le visage du jeune homme alors qu'il répondait à la réponse à son texto.

Il avait vraiment besoin de quelque chose d'autre.

— Je reviens tout de suite.

Il prit son temps pour parcourir les allées, scrutant les étagères remplies de fournitures qu'il avait mémorisées pour la plupart. Certains articles qu'il avait vus depuis qu'il avait commencé à venir ici, bien rangés et laissés sur l'étagère avec leurs étiquettes et leur prix original des années auparavant.

D'autres choses qu'il avait vues une fois, et qui ne revenaient jamais une fois vendues. Il s'arrêta pour inspecter une figurine de loutre jamais vendue. Quelque chose dans son expression et sa couleur lui rappelait Dan, lisse après une baignade et plus heureux dans l'eau. Sur un coup de tête, il fit tomber la loutre dans sa main et décida de l'acheter.

— Ça aussi.

Ratchet prit la loutre, vérifia qu'elle n'était pas abîmée et l'emballa soigneusement dans du papier journal.

— Joli. J'attendais que la bonne personne réalise qu'elle en avait besoin.

Dan avait fini avec ses textos, mais le sourire persistait. Karl savait que c'était l'homme qui l'avait convaincu de télécharger des fichiers – des fichiers dont il ne savait toujours rien, même s'il en déduisait qu'ils étaient impliqués dans la disparition d'Axe. Il détestait se demander ce que ce type était pour Dan. Ils parlaient comme des amis, mais le sourire que celui-ci arborait suggérait plus.

— Autre chose ?

— Une bière, grommela Karl.

Ratchet passa la main sous le comptoir et y déposa un pack de six. Il n'avait qu'une seule marque.

— Rien d'autre ?

Karl s'appuya contre le comptoir.

— Jusqu'à quand remontent les registres postaux ?

— Des décennies, mec. Je ne dois garder qu'un jour sur vingt pour la plupart des choses, mais j'aime être minutieux, dit Ratchet en caressant sa moustache. Mais si tu veux quelque chose de vieux, bonne chance. Je les emballe et les mets dans des boîtes, et je les jette dans ma zone de stockage à l'arrière.

— Et ceux qui datent de moins d'un an ?

— Eh bien, tu as de la chance. Juste une seconde, dit Ratchet en longeant le comptoir jusqu'à la zone de la poste.

Il en sortit en soulevant le couvercle rabattable du passage et tira un tiroir métallique des étagères de la poste. Il le laissa ouvert et revint.

— Vu que je suis le receveur général des postes, je devrais te faire écrire les détails et regarder, mais vu que je suis le receveur général des postes, je vais te laisser faire.

— Ça marche pour moi.

Karl s'accroupit près du tiroir et feuilleta les onglets du dossier daté. La satisfaction l'envahit lorsqu'il trouva ce qu'il voulait, et il prit une photo de l'adresse avec son téléphone.

— Dois-je notifier que j'ai fait cela ou autre chose ?

— Je pense que, comme nous sommes tous les deux des officiers représentant les États-Unis et que nous avons ses intérêts à cœur, nous pouvons convenir que tu ne vas pas l'utiliser à des fins néfastes, dit Ratchet en levant un sourcil.

— Absolument d'accord, dit Karl en se levant et refermant le tiroir d'un coup de pied avant de regarder Dan. As-tu besoin de quelque chose avant que je paye ?

Dan prit un paquet de chips, un savon à la menthe et aux épices fabriqué localement, que Karl lui avait dit d'arrêter de voler dans sa propre trousse, et une carte des sentiers fournie par l'État.

— C'est tout, alors ? demanda Ratchet en posant un doigt sur sa vieille caisse enregistreuse.

Karl vérifia avec Dan, puis il fit un signe de tête à Ratchet. Les gros boutons ronds faisaient les meilleurs bruits de cha-chunk quand Ratchet les manipulait. Puis il fit tourner une grosse poignée sur le côté, et le tiroir-caisse sortit tout seul. Il le rattrapa avec une aisance aiguisée par des années de pratique, le remit en place et le referma.

Le reçu serait attaché à l'onglet de Karl.

Ratchet commença à emballer ses achats, et Dan tapota le comptoir, tripota sa manche, puis prit une inspiration. Karl attendit ce que Dan voulait demander ou dire – le fait de gigoter dans ce contexte était un autre signe certain que Dan rassemblait ses pensées et calmait peut-être sa nervosité.

— Encore une chose.

— J'ai reçu de nouveaux crampons cette semaine. Vous en aurez besoin pour l'hiver, dit Ratchet en montrant le panneau derrière Dan où ils étaient suspendus. Et vos Bunny Boots seront bientôt là.

— Oui, j'en prendrai la prochaine fois, répondit Dan en frottant son pouce contre son index.

— Pas de crampons, alors, dit le commerçant en glissant le sac en papier contenant leurs affaires vers Karl.

— Non, pas de crampons. Mais c'est bon pour les bottes, dit Dan en aplatissant sa main sur le comptoir et fixant Ratchet. Je me demande si vous connaissez quelqu'un du nom de Grady. Il travaille pour Faithstone Lumber.

— Je le connais. Pas assez pour écrire une biographie, mais je pourrais ajouter quelques pages, répondit-il en plissant ses yeux, ses longs sourcils hérissés se recroquevillant comme des chenilles en colère. Avez-vous eu une altercation avec lui?

Karl n'aimait pas le ton ou la question du commerçant, car il était clair que Ratchet n'appréciait pas Grady. Il reconnaissait le nom, mais ne savait pas que cet homme travaillait dans le bâtiment devant lequel ils avaient déposé Dan après le sauvetage lorsque le treuil avait sauté. Ratchet lui jeta un regard et il haussa les épaules. Il ne savait pas pourquoi Dan avait posé des questions sur Grady à part cette mince connexion.

— Pas vraiment une dispute, mais il a dit quelques trucs étranges et a agi d'une manière un peu curieuse, répondit Dan en levant ses mains ouvertes. Je ne saurais dire si je l'ai rendu nerveux – peut-être que débarquer sur son lieu de travail depuis un hélicoptère qui crache de la fumée noire fait ça – ou si c'est juste sa façon d'être.

— Il est définitivement nerveux. Il a quitté les plates-formes pétrolières depuis des années, mais n'a jamais vécu à Eider ou dans les environs, heureusement. Il s'est mis dans le pétrin immédiatement, et a eu des problèmes depuis, gronda Ratchet. Je le surveille. Vous l'avez rencontré après votre atterrissage d'urgence à l'usine, n'est-ce pas? Il vous a embêté?

— Oui, et non, pas vraiment. Comme je l'ai dit, il m'a juste semblé un peu à part.

— Il a touché aux drogues ou a été en sevrage toutes les années qu'il a été ici, affirma Ratchet en croisant ses bras musclés avec un froncement de sourcils. Je n'ai jamais trouvé préoccupant que les gens apprécient l'herbe de temps en temps, mais tout le reste ne mène qu'à des problèmes selon mon expérience. Grady ne s'est jamais contenté de l'herbe.

— Il en prend ces temps-ci? demanda Karl en croisant le regard curieux de Ratchet. Oui, j'ai une raison pour demander ça.

— J'ai entendu à la radio que quelqu'un essayait de vendre beaucoup de méthamphétamine, et ce depuis un moment, répondit celui-ci, comprenant. Mais il y a un problème.

— Et? dit Karl en clignant des yeux et patientant.

— Oh, je pensais que tu étais au courant. Tout le monde le sait par ici. Le marché de la méthamphétamine s'est effondré lorsque les opiacés sont apparus. Je suppose que celui qui essaye de faire fructifier cette drogue ne trouve pas d'acheteur, ou du moins pas un prêt à payer suffisamment pour lui convenir.

Karl devina que le temps « pour un moment » coïncidait parfaitement avec l'abandon soudain de la cabane de Swift.

— Est-ce que Grady essaye de s'en sortir ?

— Je ne peux pas le dire avec certitude. Mais on peut parier qu'il est impliqué d'une manière ou d'une autre ou qu'il sait qui l'est, dit Ratchet, en pinçant ses lèvres. Sale affaire. J'ai entendu dire qu'il va quitter la ville dans deux jours. Je n'ai pas entendu pourquoi. Désolé de ne pas en savoir plus pour vous aider, mais je suis content de ne pas être impliqué.

Dan émit un son de réflexion, mais ses épaules étaient contractées et il évitait le regard de Karl.

— Il a dit qu'il connaissait l'homme que j'ai remplacé.

— Vous voulez dire Neal ?

Dan ferma lentement sa main en poing et acquiesça.

Karl posa une main légère sur le bas du dos du jeune homme qui s'appuya contre son contact et hocha la tête. Karl se retira.

— Que Dieu le garde, dit le commerçant en fermant un instant les yeux. Je ne le connaissais pas bien, pas comme votre collègue Karl ici. Je ne l'ai jamais vu courir après le même genre d'ennuis que Grady, mais il m'a demandé une fois si je connaissais un endroit dans le coin pour jouer – juste pour se défouler et s'amuser. J'ai répondu non, bien sûr, vu que les jeux d'argent ne sont pas légaux en Alaska.

Il fit un clin d'œil avant de conclure.

— Sauf si vous aimez vraiment le bingo.

— Vous aimez ?

Ratchet réfléchit à la question de Dan avant de répondre.

— J'ai joué une fois au bingo, et vers la fin de la soirée, le maître de cérémonie appelle un jeu uniquement pour les personnes qui n'ont pas gagné. Entre nous, j'ai perdu. Deux fois. Pas un grand fan.

Karl laissa échapper un rire surpris. Dan semblait sur le point de poser une autre question lorsque le scanner de Ratchet et les radios des deux gardes-côtes se déclenchèrent simultanément.

Dan prit leur sac et se dirigea vers la sortie.

— Merci pour l'info. À qui dois-je payer ma part ?

Ratchet regarda Karl qui fit un signe de la main.

— On va s'arranger, dit ce dernier. Merci beaucoup.

Il agita son téléphone pour appuyer ses dires et suivit Dan.

— Faites attention à vous ! cria le commerçant par-dessus le tintement de la cloche de la porte et les alertes de sauvetage.

— Passe-moi ton téléphone.

Karl le donna à Dan sans hésiter et monta dans la jeep.

— Je vais envoyer cette adresse à quelqu'un.

— Bien sûr, dit-il sans vraiment écouter.

Karl embraya et fila vers la gare. Il connaissait les routes sans avoir à y prêter attention et prenait ses virages trop vite, en tirant sur les lignes droites pour gagner de précieuses secondes sur le temps de trajet. Alors qu'ils approchaient de la station, un des hélicos décolla et s'inclina fortement vers l'est.

Il se gara près de la porte, et ils coururent à l'intérieur.

CHAPITRE NEUF

KARL se rendit directement au contrôle. L'autre équipe étant partie, ils avaient manqué le briefing, mais il pouvait découvrir ce qui se passait assez rapidement à partir de là.

Jameson avait le contrôle de la situation et coordonnait l'hélicoptère et un de leurs bateaux.

— Enfants disparus, dit Bennett en parlant à voix basse dans l'oreille de Karl, sous le bourdonnement de l'activité.

— Merde.

Karl détestait quand une situation impliquait des enfants. C'était toujours le cas.

— Quoi d'autre ?

Dan se glissa à côté de lui, et il lui fit de la place.

— Nous avons reçu un appel local. Une famille faisait une randonnée, et il y a eu un glissement de terrain ou un effondrement. Le père pense que les enfants ont fini dans l'eau.

Karl étudia les cartes que Jameson avait descendues, et l'effroi l'envahit.

— La Qaqa ?

L'expression sinistre de Bennett et son lent hochement de tête lui dirent tout. Les falaises de l'est de Qaqa étaient le point le plus élevé le long de la côte, leurs pentes couvertes d'un dédale de sentiers érodés, rendus plus traîtres par les grottes alvéolées en dessous.

— Envoyez-moi dessus, dit Karl en fixant Jameson. Ne secouez pas la tête. Faites-moi sortir pour que je puisse aider.

— Votre hélico est au sol, Radin. Deux équipes sont déjà en route.

— Ça ne veut pas dire que je suis cloué au sol. Je peux…

Il se retourna lorsque Dan le toucha et hocha la tête.

— Nous pouvons effectuer une recherche au sol.

Jameson n'était toujours pas convaincu, mais Curtis se redressa devant une des consoles. Karl leva un sourcil. Leur chef n'avait pas pour

113

habitude de faire du surplace ou de superviser pendant une mission, mais perdre des enfants avait cet effet.

Karl pouvait sentir les secondes s'écouler alors que leur fenêtre de sauvetage se rétrécissait.

— Monsieur ?

Curtis croisa les bras et réfléchit. Après une minute, il fit un signe de la main.

Karl bougea avant que quelqu'un puisse changer d'avis.

— Vous transportez des équipements de sécurité et de sauvetage, mais vous ne prenez pas de risques inutiles ni l'un ni l'autre. Appelez des renforts si vous trouvez quelque chose. Compris ?

— Oui, monsieur, répondirent Dan et lui à l'unisson.

— Bonne chance, dit Jameson avec un signe de tête, puis il se remit au travail.

— Merci, dit Karl sans rancune, et ils se dépêchèrent de descendre dans leur chambre.

Ils se changèrent et revêtirent une tenue robuste, chargèrent leurs sacs de l'essentiel et coururent au vestiaire pour le reste, presque en tandem. Karl revérifia sa charge pendant que Dan faisait de même. Leurs yeux se croisèrent.

— Es-tu OK ?

— Cinq sur cinq, répondit Dan automatiquement.

— Je ne veux pas dire pour cette mission. Je veux dire ici, dit Karl en tapotant le front, puis la poitrine de Dan. Tu as eu beaucoup de choses à assimiler ces derniers jours. Vraiment depuis que tu es arrivé ici. Ça va aller là-bas, avec tout ce qui se passe ?

— Je ne vais pas me laisser distraire ou te laisser tomber, affirma Dan en se redressant.

— Ce n'est pas ce que je veux dire non plus. Merde, s'exclama Karl en attrapant les bras de Dan et le secouant. Je te surveille, Dan, juste toi.

Un jeune homme vulnérable qui avait traversé tant d'épreuves était la dernière chose à laquelle il s'attendait quand Curtis lui avait présenté le dossier de Dan. Maintenant, il ne pouvait pas supporter l'idée de les mener au danger sans être d'abord sûr que le cœur et la tête de celui-ci allaient bien.

Dan ne sourit pas vraiment, mais une lumière éclaira ses yeux. Il inclina la tête, se pencha vers Karl et l'embrassa légèrement, presque comme s'il ne s'était rien passé.

— Je vais bien.

Karl entendit à peine les mots, mais le ton résonna en lui. Dan recula avant qu'il ne puisse l'entraîner plus loin ou comprendre ce que le baiser signifiait, à part le fait d'être rassuré et l'incandescence heureuse de Dan face à son inquiétude exigeante. Il comprenait ce sentiment. Le simple baiser de Dan couvrait ses yeux d'un rose-blanc brumeux et faisait battre son cœur.

Il resta debout dans le vestiaire et dut forcer son cerveau et son cœur à se mettre en marche. Dan l'attendait devant la porte principale de la station.

— Bon.

— Bon, acquiesça Dan.

Ils sortirent et étudièrent la météo à venir de l'ouest. Le mauvais temps toucherait certainement terre, et ils ne disposaient pas de beaucoup de temps.

— Prenons mon quad. Il est toujours là. La station en a un, mais je connais le mien et je le préfère.

— C'est bon pour moi. Juste une seconde.

Dan chercha quelque chose dans la Jeep, mit quelques objets dans son sac, le porta à son épaule et courut jusqu'au hangar.

Karl suivit son allure. Il monta sur le quad et mit son casque, et Dan monta derrière lui. Il fit tourner le moteur et se dirigea vers la terre ferme pendant que le jeune garde-côte communiquait leur départ par radio, les spécifications et la direction. Le sang de Karl commençait à bouillir, mais il était calme et déterminé, et ne pouvait imaginer que quelqu'un d'autre que Dan assure ses arrières. Le bateau, les drogues, tout ce bazar avaient disparu de son cerveau, et il se concentrait sur la tâche à accomplir. Il faisait confiance à Dan pour faire de même.

Il prit la route aussi loin qu'il pouvait, suivit la bifurcation vers l'est et loin d'Eider, et ils commencèrent à grimper. Les falaises érodées s'élançaient brusquement dans l'océan à partir d'un paysage lisse, comme un os ou une branche cassée d'un tronc principal. Le quad rebondit et vacilla alors qu'il s'écartait de la route de gravier, et il ralentit afin qu'ils puissent scanner la zone.

L'hélicoptère de la Garde avait balayé les falaises à deux reprises et n'avait rien signalé d'inhabituel. C'était une première recherche aussi approfondie que possible, et ce serait une perte de temps de parcourir la même zone. Karl gara le quad, et Dan descendit et rangea son casque sans attendre. Ils revirent leur équipement et Karl mit un bonnet en laine sur la tête de Dan. Puis ils se dirigèrent vers le sentier principal.

— Cette tempête est presque là, dit Dan en marchant deux pas derrière Karl, assez près pour aider si quelque chose tournait mal, mais assez loin pour se sauver si le sol décidait d'avaler Karl.

— C'est un bon suivi.

— Hah, pas vraiment difficile à ce stade.

Karl appela afin d'indiquer leur position et ils reçurent des informations de l'hélico, du bateau et de la base.

Dan se coucha sur un grand rocher plat et regarda autour de lui avec ses jumelles.

— Qu'en est-il du père qui a appelé ? Y avait-il une mère ou un autre frère impliqué ?

— Nous avons essayé de reprendre contact avec le père. Il nous a dit qu'il s'appelait Jim, et c'était tout ce que nous avions. Je ne l'ai pas eu depuis le premier appel, dit Jameson en vérifiant l'heure. Équipe 1, un signe ?

— Négatif, répondit Ogden qui pilotait l'hélicoptère. Trask pense qu'il a attrapé des éclats de couleur dans les rochers, mais nous n'avons pas été en mesure de les cerner.

— Où par rapport à nous ? dit Karl en agitant les bras.

— Continuez vers l'est, plusieurs mètres. Là où ces rochers bloquent la principale zone d'érosion et la divisent en trois.

— Merci, Trask. Garde un œil sur nous, si tu le peux, et dis-moi si nous nous approchons de ce que tu as repéré.

— Bien reçu.

— Équipe 2 ?

À nouveau Jameson.

— Tu serais le premier à le savoir, grogna King. Nous en sommes à notre troisième passage le long du rivage et nous n'avons rien vu, pas même des signes de perturbation dans l'eau à cause d'une récente glissade ou quelque chose du genre.

— Je ne comprends rien, dit Dan en remettant les jumelles à Karl. Ça semble étrange que quelqu'un abandonne des enfants qui sont censés être tombés à l'eau, sans parler de leur père.

— Incroyablement étrange, confirma Karl en balayant visuellement la même zone que Dan, puis inversement.

Quelque chose à mi-distance – peut-être rouge, certainement pas naturel – attira son attention. Sa nervosité s'emballa et les poils sur sa nuque se dressèrent.

— J'ai un mauvais pressentiment à ce sujet.

— Oui, approuva Dan. Restons-en au sentier le plus haut possible. Je peux dire d'après le terrain qu'il serait inutile de sortir d'ici pour chercher depuis le bord, mais je ne veux pas aller trop loin sous tous ces rochers au-dessus de nous.

— Faisons ça… et j'approuve, dit Karl en hochant la tête.

Ils progressèrent lentement et régulièrement, et Karl gardait le morceau de rouge en vue aussi clairement qu'il le pouvait.

— Tu le vois, Trask? appela Karl afin d'indiquer l'emplacement. Rougeâtre, ça ressemble à du nylon de tente ou quelque chose comme ça. Je ne peux pas dire si c'est pris dans les rochers ou quoi.

— C'est peut-être ce que j'ai vu quand nous sommes arrivés ici pour la première fois. C'est dans la même zone générale.

— Super. Nous y allons.

Karl fit un pas prudent, mais heurta une plaque de mousse et son pied dérapa sous lui.

Dan stabilisa son bras d'une forte prise et le ramena sur la piste avant qu'il ne puisse cligner des yeux.

— Waouh. Je te tiens.

Dan continua à le tenir même après qu'il eut retrouvé son équilibre. Le chemin était juste assez large pour cela. L'humidité persistante de l'océan mouillait le sol et créait un égouttement constant des niveaux de roche en surplomb. Karl les ralentit encore plus.

Le tonnerre grondait, si fort et si intense, que le sol tremblait. Karl le sentait dans sa poitrine. Les goélands, généralement imperméables à tout, jacassaient et s'envolaient de leurs perchoirs le long des falaises.

— Nous sommes des cibles de choix ici une fois que la tempête arrive, dit Dan en choisissant un chemin sur une série de rochers, et Karl le suivit sans hésiter. Et elle n'est pas exactement coopérative avec nous et ne perd pas de temps.

— Sans blague. Je pense que notre meilleure option est de voir ce qu'est ce truc rouge, puis de sortir d'ici – et si nous ne pouvons pas y arriver, de nous mettre à l'abri.

117

Dan hocha la tête d'un air sombre et se dirigea vers le groupe de rochers que Karl indiquait. Ils grimpèrent dessus, presque jusqu'en haut, de sorte qu'ils se retrouvèrent au sommet des falaises.

— Waouh, haleta le jeune homme. De meilleures circonstances, et je serais époustouflé par la vue.

Karl afficha un sourire crispé. La vue était incroyable, l'océan sur trois côtés, de terribles vagues blanches tourbillonnant loin en dessous, la station au détour d'un terrain au loin et la carcasse noire de la tempête s'approchant comme une bête bulbeuse enragée crachant des éclats de feu bleu.

— Tu nous as toujours, Trask ?

— Reçu. Je vous vois tous les deux.

Les autres gardes-côtes dans l'air et dans l'eau ressemblaient à des jouets sur une telle toile de fond, et Karl se sentait encore plus petit. La réponse ferme de Trask le rassura.

— Très bien. Trouvons ce petit bout de mystère et partons d'ici. Quelque chose me dit qu'il n'y a pas d'enfants à trouver, dit Karl en s'élançant dans l'interstice où plusieurs énormes rochers érodés sur le gradin inférieur se rencontraient et se déversaient comme un tas de pièces de monnaie renversées dans un sac à main.

— Fais attention.

Il hocha la tête et continua à progresser sur la surface humide. Dan lui donna une solide poussée qui lui permit de gagner la prochaine série de rochers. La chose rouge flottait dans le vent, et il pouvait presque l'atteindre, mais Dan l'attrapa et le retint avant qu'il n'aille plus loin.

— Attends, dit-il en laissant tomber son sac, prenant une corde de sécurité et fixant une ligne sur le côté des rochers. Juste au cas où.

Il enfila un harnais, s'attacha et regarda Karl.

— Bon choix.

Karl fit la même chose que lui, et ils rangèrent ensuite leurs sacs.

Un morceau de tissu rouge flottant n'était pas un enfant ensanglanté pour prendre un risque inévitable, et même si c'était le cas, ils ne seraient d'aucune utilité s'ils perdaient pied. Karl testa la ligne, prit position et grimpa la distance restante.

Il s'accrocha à l'objet, mais au lieu de tirer dessus, il suivit l'endroit où il était coincé entre les rochers. Il dut s'allonger et faire passer son épaule dans l'espace. Il ferma les yeux et passa sa main le long du tissu, pensant trouver une extrémité nouée ou accrochée contre la roche. Presque au bout de son effort, il heurta quelque chose de dur et de froid – du métal. C'était arrondi et enfoncé dans le sol, ancrant le tissu.

Ce picotement de nervosité et de pressentiment l'envahit à nouveau. Son souffle résonnait dans son oreille, et la sueur démangeait son cuir chevelu, son cou et l'arrière de ses genoux.

— Qu'est-ce que c'est ? cria Dan, par-dessus le vent et le tonnerre.

— Je ne sais pas, mais ce n'est pas une victime ou un enfant disparu. On dirait que ça a été mis là délibérément, mais je ne sais pas pourquoi. C'est une sorte de matériau orangé, avec des marques dessus, cria-t-il.

Il tira dessus, mais cela ne bougea même pas. Il grogna et s'agrippa au rocher avec ses orteils afin de se hisser de plus en plus haut. Il grimaça et changea de position alors que ses genoux s'écrasaient sur la roche. Il glissa et attrapa l'extrémité du rocher avec son autre main et se traîna pour regarder par-dessus bord alors que son sang montait à sa tête et rugissait dans ses oreilles.

Il avait une vue beaucoup plus claire de ce point de vue, et quelque chose dans le tissu s'accrocha dans son esprit, envoyant des pics froids de certitude et de prescience terribles à travers lui.

— Attends, je pense que je sais ce que c'est.

Karl souleva ses hanches, poussa avec ses orteils dans un mouvement rapide, attrapa le tissu à l'ancrage métallique et se prépara à rouler sur le rocher et à l'arracher.

Il commença à glisser et se rattrapa de justesse au niveau des hanches pour se balancer au-dessus de la poussée d'un rocher périphérique. La chute chassa l'air de son diaphragme. Il toussa, s'efforça d'inspirer, puis expira à nouveau. Il répéta le cycle jusqu'à ce que ses respirations soient régulières et naturelles, puis il commença à revenir doucement sur ses pas.

Le sol trembla, et le tonnerre éclata si fort qu'il en devint sourd. Un éclair aveuglant grésilla, l'entoura et l'air fut aspiré de ses poumons lorsqu'il cria pour Dan. Il perdit son emprise sur le rocher, perdit pied et tomba en chute libre alors que le monde entier semblait se fendre.

DAN se réveilla en sursaut. La voix de Karl noyée dans le tonnerre alors qu'un éclair aveuglant et une chute libre soudaine le faisaient dégringoler de la falaise était la dernière chose dont il se souvenait.

Il fit un mouvement de balayage avec ses mains, et des pierres s'éparpillèrent sous ses paumes.

— Karl ? croassa-t-il, mais il n'obtint pas de réponse.

Il grimaça en ressentant une douleur dans son côté, son visage le lançant comme s'il avait été frappé avec une pelle, mais il força ses mains et ses bras à se contracter. Quelque chose de lourd pesait sur ses omoplates, et il se mit à quatre pattes avec précaution sous le poids. Celui-ci s'écrasa au sol lorsqu'il se redressa – un rocher, de la même couleur charbon foncé que les falaises, et pas un petit.

La peur, la douleur et la confusion se déchaînaient dans son esprit, mais il s'empara de chacune d'elles et les écrasa jusqu'à ce qu'elles se taisent. Son premier réflexe était de foncer, d'appeler Karl en criant et de l'aider, mais cela ne servirait à rien. *Sauve-toi toi-même pour pouvoir sauver tous les autres.* Il avait entendu cela assez souvent pour que ce soit automatique. Alors il se reprit, fit un rapide bilan de son état et de son environnement du mieux qu'il pouvait, et se leva maladroitement.

Il pensa au début que le flash qui l'avait renversé l'avait aveuglé, mais il pouvait distinguer des formes floues et des nuances de gris. Il se retourna afin de chercher son sac, et il le trouva à quelques pas de là. Il fit sauter le capuchon d'une fusée, ferma les yeux, l'alluma et regarda la flamme vaciller en orange ambré de sous ses paupières jusqu'à ce que la luminosité ne soit plus éblouissante. Puis il ouvrit un œil et regarda vers ce qui semblait être la zone la plus sombre pour avoir une idée de l'espace dans lequel il se trouvait.

Un espace humide, sombre et calme.

Il n'était pas un fan des petits espaces humides. Il eut besoin d'une minute pour que ses yeux s'ajustent et que la désorientation s'estompe, alors il prit des inspirations lentes et régulières pendant que le bourdonnement dans ses oreilles et sa peau meurtrie se calmaient. Puis il fixa une lanterne combo sur sa poitrine et l'alluma.

Il était debout dans une grotte à peine plus haute que lui de cinq centimètres et à peine plus large que ses bras tendus. La lumière du jour ne pénétrait pas et il n'entendait pas l'océan. La corde qu'il avait attachée à la falaise était toujours attachée à lui. L'extrémité qui le reliait à Karl était enfouie dans les décombres.

La peur qu'il avait refoulée se transforma en panique pure, et il se retourna et vomit presque avant de se calmer à nouveau. Dan fouilla dans son sac afin de trouver de l'eau, et il s'obligea à prendre une, deux, trois gorgées tremblantes. Puis il surmonta le chaos et se recentra. Il devait sauver Karl. Le fait de voir les choses sous cet angle lui permit de prendre du recul et de se calmer.

— Karl ? Karl !

Dan commença à enlever les rochers qui bloquaient la ligne, sans se préoccuper de ses mains éraflées et de ses bras fatigués.

Il crut entendre une réponse, mais c'était peut-être un vœu pieux. Le tas se déplaça alors qu'il creusait, il sauta sur le côté et faillit être écrasé par un éboulement. Il reprit son travail avant même que tout se stabilise, testant chaque pierre à mesure qu'il l'éloignait, et s'assurant de ne pas perturber l'ensemble.

Dan se concentra du haut vers le bas, à l'endroit où la corde disparaissait dans l'amas. Il poussa un énorme rocher, mais il refusa de bouger, alors il changea de position, poussa plus fort et se mit sur la pointe des pieds en pliant ses bras et en poussant avec sa poitrine.

Le rocher bougea lentement, lentement, juste au moment où il avait l'impression que son corps tendu avait atteint son point de rupture. Dan poussa son bras dans le trou que ses efforts avaient exposé et tâtonna. Il poussa ensuite son sac, qui atterrit quelque part de l'autre côté avec un bruit sourd et prometteur.

— Karl ? cria-t-il.

Des pierres s'éparpillèrent pour dévaler l'autre côté de la pile alors qu'il rampait et suivait la ligne. Il ne pouvait pas supporter l'idée de perdre Karl en plus de tout le reste – pas après avoir perdu Axe et découvert le genre de personne que son frère semblait être. Il ne pouvait pas le supporter. Pas Karl aussi – surtout pas Karl.

— Es-tu là ? Peux-tu me répondre ? dit-il, se rappelant ensuite de respirer. Réponds-moi !

Il continua de parler en tirant sur la corde. Il dut passer à travers un autre tas de rochers, plus petit, dans une grotte encore plus petite, et son cœur s'arrêta lorsqu'il put voir l'autre côté. Le corps de Karl était étalé sur le sol, un bras levé derrière lui à un angle bizarre.

— Non, souffla-t-il. Non, non…

L'obscurité menaçait de l'engloutir, et Dan vacilla. La fureur l'emporta sur la peur, et il continua son chemin à travers l'amas de pierres, ne sentant pas qu'il heurtait ses bras et laissait des bleus sur ses paumes. Il dérapa sur le sol, ne sachant pas s'il pouvait se résoudre à soulever Karl afin de voir les dégâts.

— Salut, gamin.

Dan regarda, incrédule et plein d'espoir, Karl quitter sa position affaissée et faire un signe de la main avec son bras plié. Puis il sourit – un énorme, incroyable, sourire de soulagement.

— Merde, je suis content de te voir. Je suis un peu coincé ici, dit Karl en agitant son bras levé pour l'accentuer.

La vie revint dans les membres et le cœur engourdi de Dan. Il courut, se mit à genoux et commença à dégager Karl. Seul le vêtement de ce dernier était coincé, serré au niveau du coude et blanchissant sa main, mais il était bien coincé.

— Je ne voulais pas tirer trop fort et que ça me tombe dessus ou autre. Mais si tu n'avais pas répondu à mes appels ou si tu ne t'étais pas montré dans une minute, tant pis pour toi, je venais te trouver, dit Karl en continuant à sourire, mais ses yeux brillaient.

Dan ne put que hocher la tête tandis qu'il se concentrait et retirait des pierres stratégiques et en repoussait d'autres. Il testa la prise sur la manche de Karl, déplaça d'autres pierres, puis cria de triomphe lorsqu'il put libérer son bras. Il le frotta sur toute sa longueur, creusant dans les muscles froids, ignorant le halètement de douleur de Karl.

— Le sang doit couler ou ça fera mal plus tard.

Il s'inclinait dans tous les sens pendant qu'il massait, vérifiant visuellement l'état de Karl. La sensation du pouls de son collègue sous ses doigts était aussi vitale que la sienne.

— Merde. Je sais, aïe. Ça suffit.

Tout ce que Dan avait retenu se brisa lorsque Karl tenta de s'éloigner.

— Ce n'est pas suffisant. Ce n'est pas suffisant. Ça ne l'est pas, bafouilla-t-il.

Dan déclipsa la lanterne et la jeta de côté. Le faisceau projetait de drôles d'ombres en roulant, puis jetait une faible lueur qui rebondissait sur le plafond. Il s'appuya sur son genou, souleva Karl sous les deux bras et le tira vers lui si fort qu'il tomba en arrière contre le mur incurvé.

— Comment est-ce…

Dan coupa les mots de Karl avec un baiser. C'était désordonné et urgent, presque violent, et il grignota le menton de Karl et attrapa sa lèvre inférieure pleine. Karl grogna lorsqu'il le suça, et Dan lécha l'intérieur de sa bouche. Il chassa ce son et déversa toute son anxiété et son désir dans le baiser.

Karl était tout ce dont il avait besoin – sûr et stable et *vivant*.

Dan inhala, plein de l'odeur épicée de Karl et de sa sueur. Il ouvrit la bouche et tira, mais Karl se déplaça, et il ne put l'en empêcher avec sa prise maladroite. Il en resta haletant.

Leurs regards se croisèrent et Dan ne parvenait pas à voir quelles questions se cachaient dans les yeux de Karl. Il s'en moquait.

— Ne me regarde pas ainsi. Embrasse-moi encore.

Dan se redressa et s'assit afin de pouvoir tirer son compagnon à lui à nouveau. Karl le laissa faire, et Dan attaqua sa bouche, mordillant et haletant contre ses lèvres tandis que ses mains se chargeaient de tout autour et qu'il se levait à moitié sur ses genoux pour faire glisser ses hanches sur Karl. Il voulait tout sentir en même temps et être certain que l'autre homme était entier et bien portant. Karl accepta son exploration exigeante, mais lorsque son pouls commença à ralentir, Dan réalisa qu'il ne l'embrassait pas en retour.

Il rompit le baiser pour reculer, mais il n'alla pas loin.

— Viens là, grogna Karl.

Il les remit en position, plaqua Dan contre le mur et se rapprocha. Il fit glisser ses mains le long des cuisses du jeune garde-côte pour les ouvrir, puis accrocha ses pouces à la charnière des mâchoires de Dan et prit le contrôle du baiser.

Dan ferma les yeux, céda, et se délecta. Karl balaya ses mains sur lui comme Dan l'avait fait, mais avec beaucoup plus de concentration et de détermination. Il creusa dans ses bras avec ses pouces puissants – chaque articulation – puis sur chaque côté.

Son souffle bégaya, et Karl retraça les deux premières côtes, mais il laissa ensuite échapper un rire bas et satisfait. La sensation du toucher était incroyable, même à travers les couches encombrantes de son équipement, et puis ce ne fut pas suffisant.

Dan arracha son bonnet et celui de Karl et emmêla ses mains dans les cheveux bruns et épais de celui-ci. Ils s'enroulèrent autour de ses doigts comme il l'avait imaginé, et il fredonna de plaisir.

Karl lui emboîta le pas, tira sur la fermeture éclair de la veste de Dan, arracha toutes ses chemises rentrées d'un coup, puis passa ses deux mains sous celles-ci et contre sa peau.

Le feu dansait sous les mains de Karl, et Dan soupira. Tous les désirs réprimés des dernières semaines et la terreur des derniers instants s'échappèrent de lui et une chaleur mielleuse remplit ces vides froids. Ses mains tremblaient alors qu'il défaisait la veste et les couches de vêtements de Karl et s'égarait jusqu'au bouton de son robuste pantalon cargo marin.

Karl rit à nouveau – un faible ronflement qui fit se serrer l'estomac de Dan – et l'aida dans ses tâtonnements.

Il arracha sa veste, la poussa derrière la tête de Dan, puis plongea pour un autre baiser.

Le jeune homme s'écrasa contre lui au moment où leurs corps se touchèrent. Il écarquilla les yeux et laissa échapper des bruits impuissants dans la bouche de Karl lorsque leurs sexes se frôlèrent et que celui de ce dernier traîna sur son ventre.

Les contacts entre eux étaient petits, aléatoires et abondants. Dan resserra le cercle de ses jambes et saisit durement les omoplates de Karl. Elles ondulaient et se soulevaient dans sa prise tandis que Karl guidait leurs mouvements frénétiques de rut.

Il perdit le sens de tout, à part Karl. La mission de sauvetage, l'étrange grotte dans laquelle ils s'étaient retrouvés et même la raison disparurent de sa conscience. Tout ce qu'il connaissait était le goût et la chaleur de Karl, l'ajustement parfait de leurs corps, et les sons bas et urgents d'encouragement que Karl émettait pour lui.

Ses poumons se battaient pour l'air si douloureusement que sa gorge commença à se resserrer. Il se recula pour aspirer de l'air, mais Karl le poursuivit et referma leurs bouches ensemble, lui laissant à peine le temps de respirer. Karl plia ses jambes afin que ses genoux soient plus hauts et que ses hanches s'inclinent plus profondément, puis il glissa une main entre eux.

— Putain, putain, dit Karl contre ses lèvres alors qu'il serrait leurs sexes ensemble et les caressait.

Il ne cessait de le répéter – des mots crus et pleins de désir, mais doux comme l'amour – et tout l'être de Dan se concentra dans la paume de la main de son compagnon.

Il ne faudrait pas longtemps pour qu'il jouisse. Il se releva pour pouvoir embrasser Karl, mais ses dents se serrèrent, et il mordit sa lèvre. Karl frémit et perdit le rythme, et Dan le mordit à nouveau exprès.

Dan plaqua ses épaules en arrière et poussa avec ses hanches. Il recourba ses doigts et fit glisser ses ongles sur les côtés de Karl. L'homme grogna un mot sale, resserra son emprise sur eux et fit tourner Dan en spirale jusqu'à la fin.

CHAPITRE DIX

KARL ne sentait plus ses pieds, tout son corps était couvert de bleus, et il était piégé dans une grotte. Il ne s'était pas senti aussi bien depuis des années.

Il resserra ses bras autour de Dan et se permit de poser son front sur son épaule et de fermer les yeux. Il ne pouvait pas s'abandonner complètement, pas comme il le voulait, mais il se détendit et s'imprégna de la chaleur de Dan et revécut la satisfaction de voir l'inquiétude évidente du jeune homme, son soulagement visible et son désir évident pour lui.

L'inquiétude et le soulagement l'avaient secoué au plus profond de lui-même, mais il refusa de regretter sa réponse au baiser de Dan. Il espérait avoir l'occasion d'aller plus loin, dans les circonstances beaucoup plus accommodantes, mais pour l'instant, ils n'avaient pas le luxe de s'attarder.

— D'accord.

Il avait la voix du whisky, rude et bien utilisée.

Dan trembla et se rapprocha. Karl déglutit sous les prises rugueuses et lécha ses lèvres.

— D'accord. Allons-y, essaya-t-il à nouveau.

Il se força à lâcher Dan et se déplaça vivement pour se mettre debout, tamponner les traces de coups sur ses jambes, redresser ses vêtements, se détacher de cette fichue corde qui l'attachait encore à Dan, et mettre de l'ordre dans son équipement.

Dan le fixait d'un air renfrogné, mais Karl secoua la tête.

— Viens, dit-il en se détournant, parce que le regarder lui donnait envie de se remettre à genoux et d'embrasser sa moue jusqu'à ce qu'il soit à bout de souffle.

Au lieu de cela, Karl récupéra la lanterne de Dan et la lui tendit jusqu'à ce qu'il la prenne. Il sortit la sienne, l'alluma et laissa son compagnon assis là.

— Bouge-toi, Farnsworth.

Sa voix était tranchante, et il ne s'excusa pas.

Il rampa dans les passages que Dan avait creusés dans les rochers, car son infaillible sens de l'orientation lui disait que cette voie menait à la sortie, ou à la sortie la plus proche qu'ils pouvaient avoir.

Il écouta si Dan le suivait, et il soupira doucement lorsque celui-ci le fit, mais il ne ralentit pas et ne l'attendit pas.

Il colla son oreille à une fissure dans les rochers au point le plus éloigné. Il pouvait distinguer le bruit des vagues et sentir sur sa joue les faibles sifflements du vent qui traversaient les rochers. Il testa la stabilité d'une pile de rochers et souleva celui qui cédait le plus facilement. Deux autres suivirent, et il crut voir la lumière du jour.

— Viens ici et aide-moi.

Dan afficha une expression mutine pendant un moment, puis son expression devint neutre, et il rejoignit Karl.

Celui-ci détestait cela – cela le déchirait – mais ils avaient le devoir de faire plus que de se regarder dans les yeux.

Ils dégagèrent suffisamment de pierres pour faire un judas et inspirer de l'air. Dan commença à déplacer une pierre plus grosse, et tout l'assemblage trembla, alors il s'arrêta immédiatement. Ils respirèrent à peine.

Au bout d'une minute angoissante, rien ne se passa, alors Karl lâcha son sac, prit une fusée de détresse et fit sauter les protections. Il l'alluma, la poussa dehors et la coinça entre deux rochers. La fumée colorée gonfla et se dirigea vers l'entrée de la grotte, mais le vent la trouva et l'aspira vers l'extérieur, de plus en plus haut.

Il n'avait aucune idée de l'endroit où sa radio avait atterri – probablement écrasée dans le glissement de terrain qui avait failli le tuer – et celle de Dan n'émettait aucun son, donc il pensait que les deux étaient perdues. Mais l'équipe les chercherait et verrait la fumée. Ce n'était qu'une question de temps.

Karl s'employa ensuite à rendre leur attente aussi confortable que possible. Il examina la grotte à la recherche d'un endroit où se reposer et choisit la paroi intérieure incurvée, loin des rochers chancelants, mais près du passage de l'air. Il déchargea son sac et libéra Dan du sien. Le jeune garde-côte ne protesta pas et l'ignora, mais Karl ne s'arrêta pas. Il fit un sandwich de fines couvertures de laine et d'une enveloppe thermique avec leurs équipements combinés, utilisa leurs sacs comme oreillers, et disposa de l'eau et de la nourriture.

Il dézippa sa veste et la jeta sur les couvertures. Puis il attrapa celle de Dan, mais ce dernier le repoussa et s'écarta avec un regard furieux.

Karl laissa échapper un bruit de frustration, mais Dan l'esquiva encore, et il planta ses pieds.

— Donne-moi ta veste.

Le bout de ses doigts picotait, et son corps était douloureux d'avoir à peine touché Dan, mais ils n'étaient pas encore totalement installés ou en sécurité, et il ne pouvait pas céder.

— Nous transpirons et nous surchauffons avec tout ça, et tu vas avoir froid.

Dan grommela et enleva sa veste. Il la roula en boule et la laissa tomber sur le sol.

— Merde, bon sang, s'exclama Karl en l'attrapant et la jetant derrière lui, la veste atterrissant sur les couvertures. Tes deux couches supérieures aussi – autant de couches en moins qu'il en faut pour que tu aies froid. Mais garde ton caleçon long et tes bottes.

— Oh, oui monsieur, répliqua Dan en ricanant.

Karl serra les dents et se déshabilla comme il avait dit à son collègue de le faire. Il se détourna afin d'éviter d'observer les mouvements sinueux et gracieux qu'il avait mémorisés en partageant une chambre. Il se contenta d'un tee-shirt par-dessus ses vêtements thermiques et en soie et frissonna pendant qu'il drapait leurs vêtements sur divers rochers. Puis il positionna leurs lanternes pour qu'elles se croisent et diffusent la lumière la plus large possible. Enfin, il se redressa et regarda Dan, qui ne portait qu'un débardeur, des leggings moulants et affichait un air meurtrier qui masquait probablement sa blessure et sa confusion.

Il se baissa pour s'asseoir sur les couvertures et attendit pendant que Dan restait immobile et évitait ostensiblement de le regarder.

— Eh bien, viens ici.

Il s'y prenait très mal, et il le savait, mais il avait froid et était de mauvaise humeur, et tout était douloureux, à part l'idée d'avoir à nouveau les mains sur Dan.

Ce dernier se déplaça pour regarder par la bouche d'aération et croisa les bras.

Karl frissonna, et Dan commençait à ressentir la fraîcheur humide. Karl pouvait voir qu'il essayait de ne pas frissonner alors qu'il faisait tout son possible pour ne pas lui prêter attention.

127

— Merde, s'exclama-t-il en se levant d'un coup et attrapant le bras de Dan. Viens là.

Il avait l'air bourru et agacé, et Dan tenta de se débarrasser de lui, alors il serra plus fort. Mais il ne réussit pas à faire tourner celui-ci et il souffla de frustration.

— C'est stupide. Viens juste ici.

— Stupide, n'est-ce pas? Stupide. Comme c'est gentil. Ceci est stupide.

Dan cligna des yeux rapidement, et sa peau s'assombrit, passant à un rouge furieux, mais il ne bougea pas.

Karl soupira et se déplaça plus vite que Dan ne pouvait l'éviter. Il s'empara du visage du jeune garde-côte et chercha à l'embrasser. Dès que leurs lèvres se rencontrèrent, Dan se détendit et émit un son grave et plaintif qui fit quelque chose à Karl que celui-ci ne pouvait pas expliquer. Il prit le jeune homme dans ses bras et approfondit leur baiser.

Il les ramena sur les couvertures et se coucha. Il attira Dan avec lui et lutta afin de ne pas perdre le contact. Ils finirent par s'emmêler l'un dans l'autre, à moitié allongés sur leurs sacs, et Karl tira leurs vestes sur eux tandis que leurs bouches se poursuivaient et qu'ils goûtaient à tout ce qui était à portée de main pour s'installer. Il se tourna pour lui dire quelque chose, mais il oublia quoi dès qu'il vit le regard embrumé de Dan et ses joues roses de désir au lieu de colère. Il l'embrassa à nouveau, une troisième fois, et encore plus.

— Hé, gamin, chuchota-t-il contre la joue de Dan lorsqu'il finit par s'éloigner pour respirer. Merde, je suis désolé.

Dan secoua la tête pour le pardonner, mais Karl s'assit pour s'expliquer.

— Non, écoute. Je suis désolé, c'est le mieux que j'avais en moi à ce moment-là. Je ne voulais pas dire quoi que ce soit, mais nous ne pouvions pas rester là à nous refroidir et avec tout le monde qui nous cherche et s'inquiète pour nous, expliqua-t-il, se moquant de lui-même. Mais si je n'avais pas fait avec – et loin de toi – je n'aurais pas été du tout capable de résister et de nous mettre en sécurité et à l'abri.

— Je comprends. Mec, je comprends, dit Dan en secouant la tête. Tu as fait ce qu'il fallait. C'est bon. Je savais ce que tu faisais et je me disais que tu avais raison, mais je n'en avais pas l'impression. Et puis je suis entêté.

— Toi? Têtu?

Karl passa son bras autour des épaules de Dan et aima la façon dont il se détendit contre lui. Il aimait comment ils allaient bien ensemble – beaucoup.

— Tout ça avant – c'était plus que ce que j'attendais. Je ne vais pas mentir et dire que je n'y ai jamais pensé, mais je ne me suis jamais laissé aller à le vouloir.

— Je ne me suis jamais laissé aller à le penser, dit Dan en serrant sa main. Ce qui n'a pas marché du tout, mais j'ai quand même tout donné.

— Oui. Un peu de ça aussi, accepta-t-il en prenant une bouteille d'eau. Il en but la moitié et la passa à Dan.

— Prends le reste. Puis mange une de ces barres protéinées.

— Oui, monsieur, répondit Dan sans renifler cette fois.

Son ton et la lueur de satisfaction dans ses yeux obligèrent Karl à gigoter et à ajuster l'entrejambe de son caleçon long, et il grogna face au sourire de Dan.

— Je pense que nous allons être ici pendant un certain temps, commença-t-il, levant un doigt lorsque Dan le regarda avec impatience. J'aimerais bien. Mais d'abord, non, parce que nous attendons d'être secourus. Et tu sais, et je sais, que nous devrions plutôt parler de la raison pour laquelle nous sommes le plus probablement ici.

— Toujours juste.

Dan ferma les yeux et embrassa Karl avec une tendre pression des lèvres qui parlait de confort et de réassurance. Puis il soupira et s'assit. Il prit deux barres protéinées, les ouvrit et en mangea une lentement. Karl pouvait voir qu'il rassemblait ses pensées, et il ne lui en voulait pas.

Ils burent une deuxième bouteille d'eau, et Dan s'éloigna pour qu'ils soient face à face, mais il garda la main de Karl.

— Axe, dit-il, souriant de cette manière forcée et déchirante, et secouant la tête. Je pense qu'il est vivant, et même si je ne veux pas l'admettre, je dois penser qu'il est responsable de ce qui s'est passé ou qu'il est au moins impliqué. Grady le connaissant et certains fichiers que j'ai reçus d'un ami étaient les derniers clous dans ce cercueil.

— Le gars à qui tu as parlé chez moi ?

Karl pouvait faire face à la question, mais il voulait la réponse.

Dan ne semblait pas s'en soucier.

— Oui... c'est Ridge. Nous étions à l'école ensemble, ça a collé tout de suite entre nous, nous sommes amis depuis. C'est un génie de la technologie, en plus d'être un nageur presque meilleur que moi, donc je le déteste en quelque sorte en même temps, expliqua-t-il en rougissant. J'étais un pauvre type introverti à l'école, et comme tu le sais, je ne pouvais pas vraiment prendre le risque d'être sociable. Il est le premier gars que j'ai remarqué.

Karl essaya d'être grand à ce sujet, mais il laissa échapper un faible grognement quand même.

— Je l'ai seulement remarqué, et pas longtemps. Je ne pense pas qu'il l'ait jamais su, et nous n'étions pas compatibles, donc tu n'as pas à t'inquiéter.

— Je n'étais pas inquiet.

— Bien sûr, dit Dan en tapotant la poitrine de Karl. Bref, mon ami et génie de la technologie, Ridge, a fouillé dans les affaires d'Axe pour moi. Des trucs enregistrés et non enregistrés.

Il souffla et ses lèvres se tordirent avec amertume.

— Je pense que nous avions raison tous les deux de dire qu'Axe n'était pas utilisateur de méthamphétamine, mais je suis presque sûr qu'il s'y est mis et a été dépassé par l'argent.

— Sale affaire.

Dan tripota l'ourlet du tee-shirt de Karl, et le cœur de ce dernier se serra.

— Comme je l'ai dit avant, il devait beaucoup d'argent à beaucoup de gens – cette dette de jeu qui a conduit à une spirale de mauvais prêts, et il a été plus rapidement submergé avec ça. Il s'est noyé. Je pense qu'il a commencé à jouer pour le plaisir, comme il l'a dit à Ratchet, pour se défouler. Mais, c'est allé trop loin ensuite, et il avait besoin d'une sorte d'échappatoire, et les drogues sont de l'argent rapide.

— Je n'avais aucune idée de tout ça. Merde, répondit Karl en capturant les doigts nerveux de son collègue et embrassant son front. Qu'est-ce qui te fait penser qu'il est vivant ?

— Ses affaires ont été envoyées à l'adresse d'une de ces boîtes aux lettres bon marché, peut-être légales. Ridge a découvert que le capital décès d'Axe y avait été aussi adressé. Ma mère en était la bénéficiaire.

Karl retourna cela dans sa tête.

— D'accord. C'est logique. Un sens sinistre, mais ça se tient. Mais s'il s'est échappé en Californie, pourquoi risquerait-il de revenir ici et d'être découvert ? C'était beaucoup de méthamphétamine, mais comme l'a dit Ratchet, ça ne rapporte pas beaucoup actuellement. Mais encore une fois, s'appuyer sur de faux avantages est tout aussi risqué.

— Axe a toujours poussé les choses. Il était toujours celui qui retournait dans l'eau et attrapait la dernière vague alors que le reste d'entre nous savait qu'il faisait trop sombre, que c'était trop agité, trop n'importe quoi. Cela le rendait bon à beaucoup de choses, mais c'était une faiblesse.

Dan fit une pause, regardant Karl en clignant des yeux.

— Là, je pensais que le fait qu'il tombe dans le jeu n'avait aucun sens, mais waouh, je viens de dire pourquoi ça en a en fait. S'il était dans la vente, il reviendrait pour prendre la drogue, j'en suis sûr, quels que soient les risques. Et même présumé mort et ses dettes effacées, il en avait probablement besoin quelque part, pour continuer le cycle.

— Est-ce que Grady a agi comme s'il savait qu'Axe était peut-être en vie ?

— Non. Grady a agi comme un fanfaron stupide. J'espère que tout ce qu'il n'a pas dit était parce qu'il n'en avait aucune idée.

— Juste, dit Karl avec un rire sans humour.

Quelque chose s'enfonçait dans son dos, il bougea et tira Dan contre lui.

— D'accord. Alors qu'est-ce que nous avons jusqu'à présent ? La cabane d'Axe, probablement un laboratoire de méthamphétamine, mais rien de plus.

— Exact. Et la clé qu'Axe m'a envoyée pour déverrouiller le bateau. Il l'a envoyée juste après être arrivé ici, avec une note disant combien il était excité de sortir sur l'eau et de vivre sur la terre, donc je suppose qu'il a acheté le bateau et la cabane en même temps, dit Dan en glissant sa main sous le tee-shirt de Karl avec un soupir. C'est la dernière lettre où j'ai vraiment entendu parler de lui. Il voulait que je lui rende visite et que je voie l'endroit. Il gardait ses pensées secrètes dans mon enfance, et j'ai fini par comprendre pourquoi. Il était responsable de beaucoup de choses, et j'étais trop jeune pour le comprendre, mais ça n'a jamais changé. Nous nous sommes éloignés l'un de l'autre, et ça n'avait pas beaucoup d'importance pour moi. Je n'ai pas pensé au fait de ne pas avoir de nouvelles de lui, et au bout d'un moment, j'ai eu l'impression qu'il n'y avait plus grand-chose à dire pour aucun de nous. Mais il a été un bon grand frère quand j'en avais besoin, et je suppose que je n'ai pas réussi à le lui rendre complètement.

— Hé, non, s'exclama Karl, le faisant taire avant d'embrasser sa tempe. Ce n'est pas ta faute. Tu n'aurais pas pu obtenir toutes ces infos de lui par magie, et venir ici à la rescousse ensuite, toujours par magie. Il n'aurait rien dit, même si tu lui avais rendu visite. Et tu n'aurais pas pu le sauver, même si tu l'avais découvert. Si quelqu'un sait qu'il y a des sauvetages que nous devons accepter comme une perte, c'est bien nous.

— C'est vrai, accepta Dan en frottant son visage contre le tee-shirt de Karl en reniflant. Désolé.

— Ne le sois pas. Passe à l'autre épaule si tu as besoin.

— Je n'avais jamais dit tout ça à personne, révéla Dan en levant les yeux.

Il traça les sourcils de Karl, puis posa son doigt sur les lèvres de ce dernier.

— Pas même à Ridge. Je peux parler comme un fou, mais c'est généralement dans le but de ne rien dévoiler, parce que cela distrayait les gens de faire attention à moi. Mais c'est facile de te le dire. Et tu as toujours écouté et semblé savoir quand j'essayais de me cacher.

Karl avait l'impression d'avoir reçu un cadeau, un cadeau plus grand et meilleur que leurs retrouvailles dans la grotte à l'arrière.

— Je suis heureux.

Il embrassa Dan, mais son expiration était tremblante.

— Quelle pagaille tu as dû affronter et te débattre. Je suis vraiment désolé.

— Au moins, je ne suis pas seul.

Karl resserra ses bras et voulut jurer que Dan ne serait plus jamais seul, mais il n'était pas sûr que la grotte soit l'endroit pour cela.

— C'était quoi le truc rouge que tu as trouvé?

— Oh, c'est vrai.

Karl avait presque oublié pourquoi ils étaient dans cette fichue grotte.

— Un morceau de combinaison étanche.

Dan se tendit et s'assit.

— L'évacuation médicale que nous avons faite, ma première mission ici? Le capitaine m'a donné une balise radio qu'ils avaient draguée lorsque j'étais à bord. Elle n'était pas dans l'eau depuis longtemps. Je peux le dire. Je ne savais pas quoi en faire, alors je l'ai enterrée dans mon casier en me disant que je finirais par trouver. Mais j'ai su au moment où je l'ai vu que c'était celle d'Axe.

Karl fronça les sourcils, et le jeune garde-côte leva une main pour faire taire ses questions.

— C'était la dernière partie du mystère pour moi – Axe était-il vraiment mort ou avait-il survécu lorsque vous l'avez laissé à cette épave. La balise m'a fait penser à un acte criminel, et que quelqu'un s'était débarrassé de ça plus tard.

Karl grimaça, mais c'était une coïncidence réaliste.

— Mais il y a trop de coïncidences qui s'articulent autour de cette théorie, et elle a commencé à s'effondrer presque immédiatement.

Dan se lécha les lèvres et recommença à tripoter le tee-shirt de Karl et à faire un petit pli entre son doigt et son pouce.

— J'ai sauté de notre jetée et j'ai nagé jusqu'au bateau pour voir si c'était possible. Ce n'étaient pas tout à fait les mêmes conditions, mais c'était une distance similaire. Si je pouvais le faire, Axe le pouvait certainement.

— C'est pour cela que tu avais la carte, et que tu as demandé le manifeste du *Fairweather* à Ratchet.

— Quelle carte ?

— Tu l'as oubliée dans l'hélico après l'évacuation, et ce n'est pas étonnant, puisque tu transportais cette balise partout, dit Karl en haussant les épaules. Je l'ai trouvée rangée dans une poche latérale, et ça m'a mis la puce à l'oreille à ton sujet. Je t'ai plus ou moins poussé à me suivre jusqu'au bateau d'Axe.

— Oui. J'ai réfléchi à ça. Je suis sûr que j'avais l'air d'agir bizarrement. C'était un peu le cas.

— Je ne t'ai pas soupçonné de quoi que ce soit pendant longtemps. Une partie de moi ne pouvait tout simplement pas, dit Karl avec un sourire de regret. Mais rien de ce que tu faisais ne ressemblait à quelque chose de sournois. Je voulais quand même savoir ce que tu faisais. Je n'ai jamais vraiment cru qu'Axe était perdu en mer, et pas parce que je détestais avoir ça sur la conscience.

Il posa sa main sur celle de Dan.

— Explique-moi comment nager jusqu'au bateau.

— Bien. Donc, comme tu l'as remarqué, j'avais déterminé l'itinéraire du *Fairweather* et où il se trouvait par rapport à Axe sur le site de l'épave. Ajoute à ça la balise et quelques autres petites choses, et je commence à me demander si mon frère a profité d'une opportunité. Je ne pense pas qu'il soit parti sur ce sauvetage ce jour-là en prévoyant de simuler sa propre mort. Un peu comme la théorie du meurtre. Il y a juste trop de faits qui devraient s'aligner parfaitement pour que ce soit un plan – mais une fois qu'il était dehors ? Et qu'il savait que vous le laissiez pour un certain temps, et que *le Fairweather* passait ? Eh bien…

Dan secoua la tête et laissa le reste à Karl pour qu'il le remplisse.

Ce qu'il fit.

— Alors il a nagé jusqu'au bateau et a fait du stop pour revenir dans la crique. Comme vous le faisiez lorsque vous étiez enfants. Ça lui a permis d'échapper aux dettes, aux ennuis qu'il risquait d'avoir, et à tout ce que la drogue a pu ajouter.

— C'est à peu près tout. Comme je le vois.

— Ça semble plausible, dit Karl, se creusant les méninges afin de trouver ce qu'ils auraient pu manquer.

Mais il ne trouva rien, et cela lui faisait peur.

— Grady quitte la ville demain.

— Quoi?

— C'est ce que Ratchet a dit, il a entendu que Grady quittait la ville. Combien tu paries que la drogue part avec lui et que l'argent de la vente à découvert est dans la poche d'Axe?

L'expression de Dan s'assombrit, et il poussa un soupir rauque.

— Il n'a jamais aimé être ici, et nous ne sommes jamais entendus, mais il a toujours effectué son travail, dit Karl en frottant les bras de Dan. Il n'a jamais laissé personne en plan – ni moi, ni le reste de la station, ni une victime. D'accord?

— Et le treuil qui a explosé?

Karl resta de marbre à la question de Dan. Il n'avait pas prévu d'en parler.

— C'était du sabotage? Dis-le-moi simplement.

— Yaz l'a passé au peigne fin, mais… C'est possible. Cela a été trafiqué de la bonne manière pour provoquer ce qui est arrivé.

— Oui. Je me suis posé la question, dit Dan en frottant l'arête de son nez. C'est un sacré problème si Axe a saboté ça pour une raison quelconque, et que c'est la seule raison pour laquelle je suis tombé sur Grady.

— Il n'y a aucune raison pour qu'Axe l'ait fait, cependant. Ça n'a servi à rien.

Il se souvint de l'éclat de lumière provenant des arbres après avoir récupéré Dan auprès de Grizzly Ben en ville. Il soupira. Ce n'était peut-être rien, mais ça ressemblait à quelque chose.

— S'il se sentait acculé – ce dont je suis sûr à ce stade – il l'a fait pour semer la confusion. Au moins. Il devait savoir que sa cabane ne s'est pas effondrée toute seule, et il devait soupçonner que quelqu'un était sur son bateau le jour où nous nous sommes échappés. Yaz s'est renseigné sur son bateau, et ce n'est pas comme si se renseigner était à sens unique, dit Dan avant de fermer les yeux. Tu n'as pas besoin d'arranger les choses ou de prétendre qu'il n'est pas allé trop loin. Je le sais déjà. Je le savais depuis le début, mais je ne voulais pas l'admettre jusqu'à maintenant. Il nous a attirés avec un morceau de combinaison étanche qui correspondait probablement à celui qui était attaché à la balise radio. Et le treuil saboté ? Ça se passe de commentaires.

— Putain, souffla Karl. Dit comme ça… et juste… putain.

— Oui, dit Dan en déglutissant, ses yeux pleins de larmes.

Il laissa Karl le serrer contre lui et les bercer tandis que celui-ci marmonnait des excuses et des bruits bas et apaisants. Ils restèrent assis en silence pendant un long moment, tandis qu'ils analysaient tout ce qu'ils avaient comparé et discuté. C'était beaucoup de choses à assimiler. Karl avait du mal à comprendre comment Axe s'était mis dans ce genre de problème et s'était enfoncé si profondément, mais il avait vu cela arriver plus d'une fois.

— Qu'est-ce que tu as sorti de la Jeep ?

— Hmm ?

Dan réfléchit en plissant les yeux.

— Oh, ça. La carte des sentiers – mais quelque chose me dit que ce n'est pas aussi une carte des grottes sous les sentiers.

— Oui, probablement pas, approuva Karl en lissant les cheveux ébouriffés de Dan. C'est une bonne chose que tu aies pensé à nous attacher avant que j'aille plus loin.

— La sécurité d'abord, dit-il en riant.

— Es-tu sûr de ne pas être blessé ?

— Rien qui ne puisse guérir. Toi ?

Karl se sentit transpercer par les mots à double sens de son collègue, et il pressa leurs fronts l'un contre l'autre.

— Je vais bien. Et sacrément chanceux.

Il espérait que Dan comprendrait aussi son double sens.

— Tu as froid, dit celui-ci après avoir mis ses mains autour du cou de Karl.

— C'est bon. Nous n'émettons pas tous de la chaleur comme un four.

— Dommage que mon sang californien soit si mince qu'il ne me fait aucun bien.

— Ça me fait beaucoup de bien.

Dan l'embrassa, et Karl approfondit le baiser.

— Donc que faisons-nous maintenant ?

Karl tendit l'oreille. Il entendit des cris à proximité. Leurs hommes étaient presque sur eux.

— Nous sommes sauvés, puis nous voyons le reste.

— Je peux le faire.

Dan se leva et commença à s'habiller et à ranger son équipement. Il ne regardait pas Karl à nouveau, mais il aboya à la place.

— Eh bien, bouge, Radin.

Karl décida à ce moment-là qu'il ne laisserait pas Dan affronter Axe ou qu'il ferait appel à son propre frère. Il trouverait un moyen de contourner cela et épargnerait à Dan la douleur supplémentaire, même si cela signifiait qu'il devait tuer Axe pour le faire. Ce fils de pute le méritait pour avoir blessé Dan et brisé son cœur d'adorateur de héros.

DAN regarda la falaise s'éloigner tandis que l'hélicoptère faisait demi-tour vers la station. C'était étrange de monter à bord avec le harnais pendant que Jenkins pilotait et que Trask contrôlait le sauvetage, étrange d'être celui qui était enveloppé dans une couverture avec Heber qui lui posait des questions et bizarre de voir la falaise cratérisée où Karl et lui avaient failli mourir à cause de son frère.

Il ne savait pas comment se sentir à propos d'Axe tombant dans un terrier si profond et tordu que les drogues et un écran de fumée de sabotage semblaient des options viables. Le plus dur, c'était qu'il n'était pas vraiment surpris. Dans les années qui avaient suivi le départ d'Axe, alors que Dan trouvait sa propre voie, il avait vu plus d'un aperçu de la façon dont ils devenaient différents – comment après la connexion incroyablement étroite qu'ils avaient en grandissant en tant que seul soutien et compagnie l'un de l'autre, ils n'avaient plus rien en commun une fois le cocon ouvert.

Il n'avait peut-être jamais connu Axe. Dan était assez jeune pour ne pas savoir si son frère s'était lancé dans des trucs lorsqu'ils étaient enfants. Ou peut-être qu'il le savait depuis le début et qu'il ne voulait tout simplement pas l'admettre.

— Hé, gamin, murmura Karl et glissa un bras autour de lui.

« Hé, gamin » était plutôt nul comme terme d'affection, mais venant de Karl, c'était parfait. Le jeune garde-côte le laissa lire sa confusion et sa douleur. Il afficha un sourire faible, mais sincère, et Karl l'accepta d'un signe de tête.

Il s'appuya contre Karl et ferma les yeux sur l'eau qui se balançait sous eux et les nuages violents qui s'ouvraient sur la crique nord. Karl resta proche pendant toute la durée du sauvetage, et Dan en était heureux. C'était aussi étrange de presque mourir dans un endroit et de savoir que vous le considéreriez toujours comme sacré à cause de ce qui s'y était passé.

Il courut vers la station lorsqu'ils atterrirent. Rester pour aider ne ferait que le mettre dans les pattes de l'équipe de jour normale, et il avait du mal à réfléchir correctement. Karl posa une main sur le bas de son dos et la laissa là, et la pluie les surprit juste avant qu'ils ne se glissent à l'intérieur.

GENT se tenait dans le hall d'entrée, et avec Curtis et Jameson, il les fit entrer dans le service médical. Il répondit à toutes les questions et se soumit à tous les tests, tint une poche de glace sur l'hématome à la racine de ses cheveux qu'il n'avait pas senti jusque-là, et garda un œil sur Karl qui était assis sur le lit d'examen en face du sien.

— Aucun de vous n'a de commotion cérébrale, ce qui est un miracle. Mais vous aurez tous les deux un mauvais mal de tête bientôt, dit Gent en distribuant plusieurs pilules.

Karl avala son comprimé à sec, et Dan était reconnaissant pour la boisson sportive que le médecin lui avait offerte.

— J'ai un savon aseptisant avec lequel je veux que vous vous douchiez, dit Gent en leur donnant un flacon rempli d'un liquide épais de la couleur rouille. Ça piquera dans toutes les petites coupures que vous avez, mais c'est mieux qu'une infection. Sinon, poches de glace et repos, et je veux vous revoir demain.

Le tonnerre claqua assez fort pour faire trembler la station.

— Ouf. Vous êtes arrivés juste à temps, dit Trask depuis la porte.

— Je dirais que c'est grâce à vous, les gars. Merci, dit Karl en tendant la main.

Trask s'approcha, et ils s'étreignirent un peu.

— Nous avons juste fait notre travail. Et nous avions un avantage. Nous étions déjà là lorsque tout est parti en vrille.

Le sourire de Trask disparut, et il serra le poignet de Karl.

— Nous n'étions pas sûrs d'être là assez tôt après l'effondrement. Vraiment heureux que nous vous ayons sorti en un seul morceau et non dans un sac. Mec. Après avoir regardé ça ? J'aurais récupéré un inconscient et je me serais précipité à l'hôpital, mais ça ? C'est bon.

— Vraiment bon.

La mâchoire de Karl se contracta, et Dan pouvait lire toute l'émotion réprimée qu'il retenait.

Dan tendit ensuite la main.

— Un grand merci. Nous le pensons vraiment.

— Je sais, dit Trask en regardant Karl en souriant.

Les autres jetèrent un coup d'œil pour voir comment ils allaient, et les saluèrent. L'équipage du bateau passa, quelques-uns à la fois, y compris King.

— Radin. Dieu merci, vous avez la tête dure, dit Curtis en s'arrêtant devant Karl en l'observant attentivement. Vous n'avez pas pris un trop mauvais coup, n'est-ce pas ?

— Je devrais vivre, dit Karl en fronçant les sourcils. Que s'est-il passé là-bas ?

— Nous espérions que vous pourriez nous le dire. Jameson a essayé de retrouver ce soi-disant Jim, mais sans succès. Et nous n'avons jamais trouvé d'enfants. Honnêtement, je suis soulagé pour ça, mais énervé pour le reste. Une minute, Ogden nous tient informés de vos progrès sur la falaise, et la suivante, c'est l'enfer.

Curtis pivota et examina Dan.

— Comment allez-vous, Farnsworth ?

— Oh, ça va le faire, monsieur, répondit-il en essayant de se lever, mais Curtis le retint.

— Allez-y doucement. Je n'ai pas encore besoin d'un débriefing complet de votre part. Ceci est plus important si vous voulez que ça ait un sens lorsque nous y arriverons. Première tâche demain. Mais en attendant, comme je dois revoir la version des évènements des deux équipes et m'occuper des officiels locaux qui se demandent pourquoi une partie de notre cher État s'est effondrée dans l'océan sous notre surveillance, je vous ordonne à tous les deux de rester assis et de laisser Heber finir. Ensuite, vous en aurez fini pour la journée. Vous m'entendez, Radin ?

Karl grogna.

Curtis serra l'épaule de Dan, puis celle de Karl. Il n'était ni prolixe ni démonstratif, mais sa longue pause et son signe de tête ferme à chacun d'eux en disaient long. Puis il tourna les talons et partit.

Gent entra.

— Très bien. Tout va bien pour le moment. Douche, hydratation, repos. Et ne croyez pas que je ne vous traquerai pas si vous m'évitez demain matin.

Il les aida tous les deux à se relever et les fit avancer.

— Maintenant, sortez avant de vous endormir sur moi.

Dan bâilla pendant leurs remerciements et ils se dirigèrent vers le couloir. Lang et Scobey se tenaient sur leur chemin et Bennett, Marcum et Yaz étaient juste à côté.

— Où est mon matériel ? demanda Dan, à la cantonade.

— Nous nous en sommes occupés. Ne t'inquiète pas, assura Scobey en le serrant rapidement dans ses bras avant de faire de la place pour que Lang le suive. Vous avez l'air affreux tous les deux.

— Beau parleur, répliqua Karl, mais il accepta son étreinte.

Dan ne savait pas quoi dire d'autre, et personne d'autre non plus, et Scobey les incita à partir.

Yaz les accompagna jusqu'à leur chambre.

— Besoin de quelque chose ?

— Du sommeil. Du café. Probablement dans cet ordre, dit Karl en jetant une serviette à Dan qui l'attrapa maladroitement.

— Merci, mec.

— Pas de soucis. Préviens-moi s'il y a du nouveau.

Dan sourit à Yaz et ne pensa plus à cela lorsque Karl le prit par le bras et le guida vers les douches. Il se doucha, debout à côté de son collègue, et détesta être trop épuisé pour apprécier la chaleur humide et le confort moelleux qui l'enveloppaient alors que Karl le savonnait. Il ne fut pas vraiment conscient de grand-chose après cela.

Il se sécha, noua la serviette à sa taille et enfila le premier vêtement qu'il sortit de sa commode. Le pyjama en polaire était doux et merveilleux, et il ne prit pas la peine de mettre un tee-shirt. Puis il se glissa dans sa couchette et gigota jusqu'à ce que son dos heurte le mur – parce que Karl y grimpa après lui.

Un autre fait qui lui donnait étrangement et soudainement l'impression que c'était censé être comme ça depuis le début. Il était venu en Alaska en pensant qu'il entrait en territoire ennemi, mais au lieu de cela, il avait découvert combien il était vital et bon d'être accepté comme faisant partie de la station. Tout le monde avait travaillé très dur pour le sauver, et voulait s'assurer que Karl et lui étaient vraiment en un seul morceau.

Karl mit de l'ordre dans ses couvertures et les borda ensemble.

— Ça va? Dors un peu.

Dan acquiesça et frotta sa joue sur l'épaule de Karl. Son estomac était noué comme s'il avait besoin de pleurer, et ses muscles étaient en feu à cause des abus de la journée et de l'épuisement.

Karl resserra ses bras autour de lui, et il expira en essayant de ne penser à rien d'autre qu'à la chaleur, au parfum et à la sécurité de Karl. Mais le matin – et toutes les vérités qu'ils avaient découvertes dans la grotte – viendrait vite et durement.

CHAPITRE ONZE

KARL se réveilla avec une tempête qui faisait rage et Dan qui bavait sur sa poitrine. Il vérifia l'heure – juste avant six heures. La tempête donnait l'impression que c'était le milieu de la nuit – une couverture parfaite pour s'enfuir si on était coincé, si on voulait désespérément s'échapper et si on s'était entraîné à affronter ce genre de temps.

Il haïssait cette idée et le fait qu'elle semblait infailliblement juste. Il détestait aussi se libérer de Dan sans un mot, mais c'était exactement ce qu'il fit.

Dan attrapa sa manche alors qu'il glissait de la couchette, et il s'arrêta à mi-chemin du sol, une jambe toujours sur le lit et l'autre pendant sur le côté. Il ferma les yeux et se détendit, et après plusieurs inspirations profondes, la prise du jeune homme se relâcha. Karl s'éloigna, même s'il avait envie de remonter et de serrer Dan contre lui.

Il s'habilla rapidement. Il n'y avait aucun moyen de rester au sec dehors, alors il opta pour un volume raisonnable, des couches d'absorption et des bottes imperméables. Elles étaient lourdes, mais avec un bonnet en laine, c'était sa meilleure protection contre le froid.

— Ne me déteste pas, gamin, chuchota-t-il.

Puis il embrassa le bout de ses doigts et les pressa sur le front de Dan. Il battit en retraite précipitamment lorsque celui-ci fronça les sourcils.

La station était éclairée. Il ne sortirait pas de là sans se faire remarquer, mais tout le brouhaha d'hier était une bonne distraction.

Les minutes défilèrent alors qu'il avalait des barres énergétiques, des œufs durs et deux boissons pour sportifs, mais il n'avait pas assez mangé la veille et il le paierait là-bas s'il ne faisait pas le plein.

— Ramirez, dit-il en arrivant dans l'entrée.

— Tu es debout tôt. Pourquoi t'es-tu levé ?

De la lumière et des voix s'échappaient du couloir qui menait au bureau de Curtis. Le commandement était manifestement occupé à suivre la météo.

— Il y a du nouveau ? demanda Karl en pointant un pouce sur le couloir.

— Nous avons eu un yacht à la recherche d'un glacier que je pensais voir sombrer, mais le capitaine a écouté les conseils de navigation de Jameson et s'en est sorti.

— Il n'y a pas de glaciers par ici. Des touristes, commenta-t-il en faisant la moue, et ils partagèrent un regard. Ça hurle vraiment. Quelles sont les prévisions ?

— Oui, celle-ci est désagréable. La pyrotechnie a ralenti, mais elle génère des précipitations record dans certaines régions. Elle s'est arrêtée et s'est installée juste après que Worth et toi avez été récupérés des falaises, et elle punit la crique depuis. Mais un fort front chaud arrive du sud-est, donc elle sera probablement repoussée vers la mer à la mi-journée. C'est la prévision constante de la NOAA [4] depuis des heures maintenant, et nous sommes d'accord, donc je pense que cela va se confirmer.

Karl changea de position pour voir les écrans radar. Il n'y avait rien d'autre que la masse imminente de la tempête sur la carte locale, mais les données régionales et satellites montraient clairement le fer de lance du front mentionné par Ramirez. Encore quelques heures, et elle serait passée, donc si Axe prévoyait de se mettre à l'abri, il n'avait que ce temps.

— Tu as généralement raison sur ces choses.

Ramirez ayant baissé sa garde, Karl passa directement à sa prochaine feinte.

— As-tu entendu parler de mon quad ? Je suis allé à Qaqa avec hier, mais je ne sais pas ce qu'il est devenu.

— Vérifie dehors. Yaz et Marcum sont allés le chercher. Ils l'ont garé dans le hangar, dit Ramirez en le regardant de haut en bas. Tu allais le chercher ?

— Peut-être. Il est cher, et je l'aime bien, dit Karl en continuant à avancer. Merci.

Le vent essaya de l'assommer, alors il tourna son épaule vers lui. Il fouettait autour de lui alors qu'il se dirigeait vers le hangar, et la pluie faisait des flaques sur le sol sursaturé et tombait en nappes denses et en grêle qui piquait ses joues. Le lit chaud de Dan, avec le jeune homme dedans,

4 La National Oceanic and Atmospheric Administration (en abrégé NOAA), en français l'Agence américaine d'observation océanique et atmosphérique, est l'agence américaine responsable de l'étude de l'océan et de l'atmosphère.

avait tellement d'attrait que c'était presque suffisant pour le faire revenir à l'intérieur, mais l'idée qu'Axe puisse s'échapper avec tout ça? Sa colère protectrice s'enflamma et il l'utilisa pour avancer.

Son quad était garé sous un abri bas attaché au hangar, et qui le gardait au sec. Yaz avait laissé la clé à l'intérieur, comme il le faisait toujours, et il démarra immédiatement. Il lança le moteur et fit le tour du terrain arrière de la station. Il s'en tint aux crêtes les plus élevées et aux roches exposées afin d'éviter de s'enliser dans la boue.

Il aurait pu prendre la Jeep et allumer le chauffage et ne pas se faire arroser par une pluie si froide qu'elle se transformait en glace, mais s'il le faisait, il devrait utiliser la route supérieure vers les docks. Avec le quad, il pourrait prendre le chemin de la rive jusqu'au bateau d'Axe.

Une impatience inhabituelle le rongeait, et il voulait l'éradiquer, mais il se mit en mode sauvetage et commença la chasse avec une précision d'acier. La visibilité était terrible, et la piste peu fiable, donc sa progression était lente et méthodique. À quelques reprises, la direction fut secouée assez fort pour que le guidon lui échappe presque, mais il savait comment s'en sortir et garder le contrôle. Il n'était pas question qu'il se retrouve dans les choux avant d'avoir traqué Axe.

Il avait un vague plan en tête – aller au bateau, s'assurer qu'il était là, monter dessus et attendre. Si le bateau n'était pas là, il retournerait à la station, irait jusqu'à Faithstone Lumber et trouverait où Grady était allé. Si cela ne lui donnait aucune piste, il admettrait une défaite temporaire et dirait à Dan qu'il était temps qu'ils expliquent tout à Curtis.

Le sentier montait depuis l'eau, et il gagna la bande plus large qui menait aux docks. Karl roula jusqu'à l'endroit où les planches de bois commençaient, attacha son quad au premier escalier, et marcha le reste de la distance. La pluie et le tonnerre sporadique camoufleraient probablement le bruit du moteur et les feux de croisement, mais il ne voulait pas prendre de risque.

Le bateau d'Axe était là, flottant sauvagement dans le ressac. Le pouls de Karl s'emballa sous l'effet du soulagement et de l'adrénaline. Il se recroquevilla et courut de rochers en poteaux afin de masquer son approche. Il ne quitta jamais le pont des yeux, mais personne ne semblait être à bord.

Le bateau se soulevait et s'abaissait, et il dut se tenir à côté, plus exposé qu'il ne le souhaitait, pour chronométrer son saut sur le pont. Son atterrissage n'était pas joli, et ses côtes et sa tête protestèrent, mais il serra les dents et roula à quatre pattes.

D'accord, donc la première partie de son plan est faite. La seconde partie était d'attendre. Il avait le sentiment inébranlable que ce ne serait pas long.

DAN ne pouvait pas ignorer le buzz persistant de son téléphone. Il s'appuya sur ses mains, se glissa hors du lit et répondit sans vraiment se réveiller.

— Le chèque a été refusé.

Il se laissa tomber sur son fauteuil de bureau et frotta ses yeux avec le talon de sa main. Il fit un bruit qui était peut-être une réponse.

— Le chèque de prestation de décès que ton frère a fait en sorte qu'il soit versé à ta mère décédée. Il est en attente à la banque et a déclenché toutes sortes de drapeaux rouges.

Dan marmonna quelque chose et se leva. Où était Karl ?

— Cela m'a pris un certain temps pour le retrouver et le vérifier. J'ai appelé pour te laisser un message, parce que c'était un peu trop pour un « SMS ».

Ridge fit une pause.

— Je t'ai réveillé, n'est-ce pas ? Un peu désolé.

— Trop tard pour ça. Quelle heure est-il ?

— Trop tôt pour regarder ta montre ?

— En fait, oui, répliqua Dan en soulevant les couvertures de son lit comme si Karl pouvait s'y cacher.

— Alors, quoi ? Axe pensait qu'il pouvait faire de maman une coquille en papier, toucher ses allocations et disparaître ?

— Presque sept heures chez toi. Et oui. C'est ce qu'on dirait. C'est assez facile à faire au début – la paperasse prend la poussière jusqu'à ce que quelqu'un doive payer pour ça, dit Ridge, écoutant le silence tendu de Dan pendant qu'il ouvrait le placard, jetait un œil dans le couloir, puis cataloguait tout ce qui manquait de Karl. Tu vas bien, Dano ?

— Non. Mais commençons par ce que tu me dis, et je partirai de là. Maintenant, qu'en est-il de ce chèque ?

— Lorsque Axe a été officiellement déclaré perdu en mer, son capital décès a été déclenché et est allé à ta mère, listée comme le plus proche parent de ton frère et bénéficiaire. Il l'a changé, il y a un an seulement. Tu étais son plus proche parent jusque-là. Quelqu'un s'est

144

présenté au magasin de boîtes postales, l'a pris et l'a déposé dans une banque nationale. Mais quelque chose à ce sujet n'a pas passé le test – probablement le fait que ta mère est morte, et que son numéro de sécurité sociale désactivé le prouve, mais un peu d'argent a été retiré avant que la banque ne le rejette. Axe sait juste que ce n'est pas bon, et que les requins ont commencé à tourner autour.

— Donc, d'une manière ou d'une autre, le fait qu'Axe ait simulé sa mort allait le rattraper, et il le savait. Et sans le coussin d'argent qu'il s'attendait à recevoir.

Dan n'avait plus besoin de faire le deuil de sa mère ni de pleurer sur ce qu'Axe était devenu, mais c'était toujours difficile à entendre.

— Et tu sais que ces roues ne tournent pas rapidement avec ces choses.

— C'est vrai. Il est parti d'ici, pensant que tout ce qu'il avait à faire était de patienter jusqu'au paiement, et qu'ensuite il s'enfuirait au Mexique ou ailleurs.

Ridge fit un bruit d'acquiescement.

— Cela a fait en sorte que le moment du paiement et de ton transfert soit plus proche que s'il avait pu s'enfuir.

Dan souleva le tee-shirt que Karl avait porté au lit et le respira. Parler à Ridge l'aidait à se distraire et à rester en mouvement, mais il était proche de la panique.

— Je me suis demandé pourquoi il prendrait le risque de montrer son visage supposé mort en Alaska, et ça ressemble à ma réponse. Il doit être plus que désespéré pour essayer ça, et comme ça n'a naturellement pas marché, ça l'a poussé à revenir ici pour s'emparer de tout ce qu'il pouvait obtenir pour la meth. Au moins, connaître la dernière pièce du puzzle me donne l'impression qu'Axe est vivant au lieu que ce soit moi qui le suppose.

— Depuis l'époque de sa mort supposée, je n'ai trouvé aucune trace de lui nulle part.

— Et comment ferais-tu ça ? Ce n'est pas comme s'il utilisait son vrai nom, dit Dan avant de soupirer et d'agiter une main en l'air. Tu sais quoi, laisse tomber. Ne me dis rien… tu le ferais de toute façon.

— C'est vrai. Mais j'ai réussi à sécuriser la boîte des effets personnels d'Axe, et je peux la transmettre. Est-ce que tu la veux ?

Dan n'eut pas à réfléchir.

— Non. J'apprécie que tu l'aies récupérée, mais elle ne m'intéresse pas. Tu peux fouiller dedans si tu veux, mais il n'y a rien dont j'ai besoin. Juste… débarrasse-toi de ça.

— Je peux le faire. Autre chose ?

— Dis-moi que Karl ne m'a pas laissé au lit pour sortir dans cette tempête et trouver Axe. Et dis-moi que tu peux le trouver sur un satellite super-secret maintenant que je dois aller le chercher.

— Euh, dit Ridge en riant. Voulais-tu vraiment en dire autant ?

Dan posa sa tête sur le montant de sa couchette et ferma les yeux.

— Non, sûrement pas.

— Je suis bon pour oublier des choses.

Dan y réfléchit sérieusement.

— Tu n'es pas obligé d'oublier celle-là. Ça ne me dérange pas, dit-il en se dirigeant vers sa commode et prenant des chaussettes et plusieurs couches. Mais tu dois payer ma caution et me donner une nouvelle identité à Malte, si je finis par le tuer pour avoir été un idiot et avoir fait ça tout seul.

— Malte ? Un choix obscur.

— Ou Gozo, je ne suis pas difficile.

— Encore plus obscur. Touché [5].

Ridge attendit un moment avant de reprendre la parole.

— Si tu ne vas pas bien après tout ça, je suis là. Compris ?

— Clair et net.

— Et si tu vas bien, je ne veux jamais de détails gores, mais je suis content pour toi, mon pote. Tu mérites quelque chose de bon et de stable, dit-il, puis il grogna. Et si ce Karl n'est pas bon et stable, c'est moi qui disparaîtrais à Gozo. Tu me suis ?

— Encore plus fort.

Dan rit. Il enfila en tâtonnant un caleçon long et glissa le haut sur sa tête.

— Et maintenant, je dois y aller pour m'assurer qu'il ne meurt pas dans mes bras avant que tout ce truc « bon et stable » ne se produise.

— Ne meurs pas non plus, Daniel.

Il pensa à Karl en entendant le juron tranchant, et cela fit jaillir une pointe de peur qu'il avait jusqu'ici gardée à distance dans son cœur.

— Je ne le ferai pas. Je t'appellerai quand nous en aurons fini. Merci, Ridge.

---

5 En français dans le texte.

Son ami grogna quelque chose et mit fin à l'appel. Dan jeta son téléphone sur sa couchette et finit de s'habiller. Il se rendit au vestiaire, prit sa combinaison et son équipement, et s'arrêta au mess pour manger quelque chose. Karl n'était pas là ni au commandement ni en train d'écouter la conversation dans le bureau de Curtis.

— Bennett… as-tu vu Karl ?

— Non. Désolé. Tu peux vérifier avec Ramirez. Il vient de finir son service.

Dan retourna au mess.

— Ramirez, où se trouve Radin ?

Ramirez se retourna sur le canapé et montra l'extérieur.

— Il est allé voir son quad. Nous l'avons récupéré hier et nous l'avons parqué à côté du hangar. Il est probablement resté dans le coin pour parler de la météo avec Yaz.

Dan sentit la salive remplir sa bouche, et il avala la nausée qui montait. Il ne trouverait pas Karl en train de parler avec Yaz.

— Merci, mec.

Dan prit une boisson énergétique, les clés de la Jeep, et courut sous la pluie. Il se courba en avant dans le vent, et chaque pas lui donnait l'impression de marcher dans du béton. Dan savait pourquoi Karl s'était garé si loin de la station – il y avait une petite montée qui servait de rampe de départ. Il savait aussi que la Jeep était capricieuse et ne démarrerait pas d'un simple coup de poignet.

Dan refoula sa frustration croissante et courut jusqu'au hangar.

— Yaz ? cria-t-il en entrant.

La pluie s'abattait autour de lui, et il s'arrêta sur le tapis que quelqu'un avait glissé sous la porte afin d'empêcher l'eau de s'écouler de la cour saturée.

Yaz leva les yeux d'un banc rempli des pièces démontés du treuil de l'hélicoptère.

— Un peu d'aide ? dit Dan en léchant les lèvres. C'est Karl.

Son collègue dit quelque chose aux autres et s'approcha en trottinant.

— Qu'est-ce que je peux faire pour toi ?

— Démarrer sa stupide voiture.

Yaz enfila son manteau en guise de réponse, mit un chapeau sur sa tête et sortit en courant. Dan le suivit de près.

— Je suppose que tu as la clé, dit Yaz en haletant alors qu'ils montaient dans la cabine.

Dan lui tendit la clé.

— Bien.

Yaz démarra et la Jeep se mit en marche. Il embraya et la laissa rouler jusqu'à la route qui menait au parking.

— Peux-tu continuer à rouler?

Dan avait le sentiment qu'il ne reviendrait pas par là et qu'il aurait besoin de quelqu'un pour rapporter ce qui s'était passé.

Yaz agrippa le volant et plissa les yeux sur Dan. Puis il fit un bruit de réflexion et enclencha une vitesse.

— Dis-moi où.

— Les docks de Northy. La route supérieure est bien. Je vais te montrer où t'arrêter.

Si l'homme trouva sa demande étrange, il ne le montra pas. Ils roulèrent en silence, Dan se préoccupant d'élaborer un plan et Yaz luttant contre la tempête. Eider était déserte – même le magasin principal était sombre. Des eaux de ruissellement gonflées traversaient la route par intervalles, et il y avait des flaques d'eau profondes partout.

— Ici, c'est bien, dit Dan lorsqu'ils approchèrent le bateau d'Axe. Il sauta quand la Jeep s'arrêta et il commença à se déshabiller.

— Qu'est-ce que tu fais?

— Je vais là-bas, répondit Dan en se débarrassant de son pantalon, puis enfilant sa combinaison.

Il la ferma et mit ses vêtements dans le coffre dans la Jeep.

— As-tu perdu la tête? s'inquiéta Yaz en se retournant et appuyant un coude sur le volant.

— Non. Je n'ai pas le choix, affirma-t-il en attachant l'équipement de sauvetage à sa taille avant de commencer à fermer la portière.

Yaz tendit la main et la rouvrit.

— Tu pourrais mourir là-bas. Regarde cette eau. Tu n'as pas de renfort, et il fait nuit, et par ce temps, tu ne sais pas si la station est déjà engagée sur un autre sauvetage.

Dan regarda. Les lumières de ce qui devait être le bateau d'Axe se balançaient au loin – presque la même distance qu'il avait marquée et parcourue à la nage depuis la station. Il pourrait juste être battu, mais il devait essayer.

— Tu vois ce bateau? demanda-t-il en le pointant du doigt. Karl est dessus. Ne me demande pas comment je le sais, parce que je n'ai pas le temps d'expliquer, mais il y est, et j'y vais, et tu ne peux pas m'arrêter. Je dois le faire.

Dan claqua la portière et se dirigea vers les escaliers.

— Worth… Worth !

Yaz le rattrapa et attrapa son bras.

— Attends une minute, bon sang, et laisse-moi demander de l'aide par radio.

— Appelle-les dès que tu seras retourné dans la Jeep. Et contacte les autorités locales pour lancer un avis de recherche sur Grady Sikes.

Dan n'avait plus la patience de dire quoi que ce soit. Tout ce qui lui restait, c'était la certitude qu'il devait agir rapidement, sinon il serait trop tard.

— Merci, Yaz. À tout à l'heure.

Dan se dressa dans les dents de la tempête et accepta sa colère. Il la laissa entrer, l'invita même, au lieu de la défier de le battre. Puis il descendit les escaliers en courant, prit de la vitesse sur la longueur du quai vide, et plongea dans l'eau agitée.

KARL trébucha et se cogna l'épaule contre la cabine lorsqu'une énorme vague frappa le bateau de plein fouet. L'eau était implacable et une autre vague, puis une troisième faillit les faire chavirer.

Il s'extirpa du pont et se dirigea en titubant vers le gouvernail.

— Je t'ai dit de ne pas bouger.

— Encore quelques coups comme ça, et même le fait que je bouge n'aura plus d'importance, répliqua-t-il en jetant un regard furieux à Axe. Tiens ce foutu truc dirigé sur moi autant que tu veux. Je vais diriger ce bateau.

Axe s'écarta pour garder Karl en vue alors qu'il s'avançait pour prendre le volant.

Karl avait eu une poignée de minutes pour fouiller le bateau. Il avait été surpris de trouver la moitié de la méthamphétamine à bord. Et puis Axe s'était montré, hagard, et le regard sauvage. L'intuition de Karl était bonne.

Ils s'étaient battus – plus de tactiques sales et de coups de genoux que de coups précis, et Karl avait le dessus jusqu'à ce que ce pistolet apparaisse. Il s'était figé à sa vue et avait levé ses mains. Axe l'avait frappé et avait lâché les amarres du bateau.

Karl fit tourner l'embarcation dans les vagues, et le bateau les chevaucha. Le gouvernail tremblait et luttait contre lui, voulant suivre la poussée de l'eau qui l'entraînait, mais Karl s'arc-bouta et tint bon. Le bateau n'avait rien à faire dehors par gros temps, et il pouvait dire qu'Axe le savait. Ils basculèrent vers le haut, puis tombèrent dans le creux d'une vague qui se brisa sur la proue dans un élan de noyade. Ce n'était pas agréable, mais cela pouvait empêcher l'océan de broyer le bateau avant qu'il puisse atteindre Axe.

— Nous irons assez loin pour que tu ne t'échoues pas sur les rochers, et je te tirerai dessus et jetterai ta carcasse, dit Axe en donnant un coup sec à son arme pour accentuer ses propos, mais c'était la seule chose qu'il réussissait à maintenir en place.

Il avait l'air cireux sous l'éclat humide de la pluie et de l'eau. Karl ne pouvait pas décider si c'était parce qu'il avait vécu comme un mort pendant trop longtemps ou s'il avait le mal de mer.

— Tu n'as tué personne d'autre dans tout ça. Pourquoi commencer avec moi?

Axe n'était peut-être pas intéressé à tout expliquer, mais Karl devait gagner du temps. Il avait décidé que la troisième partie de son plan était de garder Axe occupé pendant que la station viendrait à la recherche du signal de la balise radio qu'il avait activée lorsque Axe était monté à bord.

— Ferme-la, Radin. Tu n'es pas aux commandes ici, et je ne dois rien à tes règlements parfaits et tes coins carrés.

— Et Dan? Tu ne penses pas que tu lui dois quelque chose?

L'objectif d'Axe vacilla momentanément.

— Il est là, tu sais. Tu dois le savoir. Tu l'as vu quand tu as vérifié ton travail avec le treuil ou quand nous nous sommes approchés de ton joli piège sur les falaises.

La colère de Karl s'était calmée lorsque la nécessité de survivre et de garder son esprit avait pris le dessus, mais elle revenait en force.

— Il est venu ici pour savoir ce qui t'est arrivé. Il ne pouvait pas supporter de penser que tu étais mort en faisant ce que tu aimes le plus, ce pour quoi tu as toujours été le meilleur.

— Tais-toi.

— Il a renoncé à une place dans un meilleur endroit – et ce serait n'importe où, pour toi, vu que tu as toujours détesté cet endroit. Pour toi. Il s'est fait assigner dans ce trou perdu juste pour savoir ce qui est arrivé à son grand frère.

— Tais-toi. Tais-toi.

— J'essaye de comprendre, là, Axe. J'essaye de comprendre pourquoi tu allais apparemment le laisser se sacrifier autant et récompenser ce genre de dévotion fraternelle en le perdant en mer. Ou en le faisant exploser en mille morceaux.

Axe montra ses dents.

— Je ne l'ai su que lorsqu'il était trop tard – trop tard pour tout. Ce n'était pas censé aller si loin. Tout ce dont j'avais besoin était une pause, une pause chanceuse, mais non. Alors, j'ai dû en créer une moi-même.

— Il me semble que tu en as eu beaucoup.

— Tu ne sais rien, Radin. Comment le saurais-tu ? Né dans ce trou perdu d'*Alaska* et le préféré de Curtis.

Il crachait chaque mot comme si c'était du poison.

— Personne ne t'a mis un pistolet sur la tempe pour que tu restes là.

Axe ricana.

— J'ai demandé un transfert dès que je suis arrivé ici. J'ai attendu et attendu, et tout ce que j'ai obtenu pour m'être dérangé, c'est d'être à nouveau enterré ici.

Karl voulait demander à quoi servait ce jeu ? Une évasion ? Pour avoir des ennuis et se faire arrêter ? Mais il savait qu'il n'aurait pas de réponse.

— Tu as presque tué ton frère, Axe. Tu as presque tué Dan. Deux fois.

— J'ai essayé de le prévenir. J'ai tenté de réajuster tes attitudes, et finalement j'ai simplement voulu une distraction pour trouver la solution et m'enfuir. Mais nous avons fini de parler. Juste au cas où tu pensais que j'allais jouer le méchant monologuant avec toi.

— C'est drôle que tu dises ça. Je savais que tu ne pouvais pas t'expliquer, parce que tu es un putain de lâche, d'égoïste qui n'a pas de bonnes raisons – pas même les mensonges pisseux que tu t'es racontés pour que ça ait l'air normal.

Karl chercha à l'horizon ce qui devait se cacher si son signal avait été reçu. Axe ne le verrait pas. Il n'était pas né dans ce foutu Alaska, donc il ne pouvait pas savoir.

— Je vais être honnête. Je suis déçu.

Il pourrait atteindre le pistolet s'il rendait Axe assez furieux. C'était le seul avantage dont l'homme disposait.

— Je t'ai donné trop de crédit, mais tu t'es laissé entraîner dans tout ça, et tu étais prêt à sacrifier ton propre frère. Et te voilà, juste un simple fils de pute.

Axe grogna, puis hurla comme un animal fou. Il visa, et quelque chose de méchant s'alluma dans ses yeux alors qu'il levait la main et visait Karl.

Ce dernier tourna le gouvernail afin d'effacer une ligne de vagues. La roue s'accrocha et frappa son menton, et il goûta au sang. Puis elle glissa et s'échappa de sa prise, et le bateau tangua sur le côté tandis que ses pieds se dérobaient sous lui.

DAN donna un coup de pied afin de franchir une vague et chercha le bateau. Personne ne semblait être à la barre, et il était difficile de l'approcher, parce que le bateau était ballotté. Au moins, ils étaient assez loin de la côte pour que les vagues soient interminables et roulantes, et non pas un surf haché et déferlant. Il avait dépensé beaucoup d'énergie en s'éloignant de la côte, mais une fois qu'il fut en eau libre, il laissa couler et nagea plus tôt que de se débattre.

Il scanna l'horizon juste au-dessus de l'eau, chevaucha la houle et aperçut finalement un motif de lumières.

Le bateau semblait se stabiliser dans une trajectoire, et Dan avança. Il regarda le bateau un moment de plus pour se repérer, aspira de l'air jusqu'à ce que ses poumons brûlent, et plongea en canard afin de nager juste en dessous des crêtes blanchissantes de la prochaine ligne de vagues.

Il fit surface, vérifia, plongea à nouveau. Les minutes et les efforts qu'il avait consacrés à la poursuite s'étiraient, se déformaient et devenaient insignifiants pendant qu'il crawlait, calquant son rythme sur son pouls régulier et le soulèvement dur et flottant des vagues pour respirer. Il dépassait la fatigue musculaire pour atteindre un endroit chaud et serein où le mouvement et la respiration étaient infinis.

Son corps était une machine. Karl était sur ce bateau, et Dan y arriverait.

Il fournit un dernier effort et se retrouva assez près pour voir la masse du bateau malgré la pluie et l'obscurité. Il raccourcit ses mouvements pour gagner en maniabilité plutôt qu'en vitesse. Les seules choses dont il avait à se soucier étaient les hélices du moteur – personne ne le repérerait dans l'eau – et il se dirigea vers tribord en pensant qu'il pourrait grimper et utiliser la cabine en forme de boîte comme écran.

Alors qu'il se rapprochait, ils entrèrent dans un sous-courant, et il dut abandonner la finesse. Le courant le tirait, tordait ses jambes et le poussait sous le côté. La colère et la frustration montèrent en lui, et il les laissa monter, monter et monter jusqu'à un point d'étranglement, puis il utilisa cette poussée pour franchir la dernière distance, au-delà du courant et de son épuisement.

Quelque chose d'intensément brillant traversa brièvement l'air au-dessus de lui. Presque là, presque là pour Karl.

Dan se laissa porter par les vagues et essuya l'eau de ses yeux.

Deux silhouettes, prises dans un nœud serré de violence, se déplaçaient sur le bateau. Le trait lumineux coupa de nouveau l'obscurité sous un angle différent – un coup de feu – et les silhouettes basculèrent par-dessus la rambarde de l'autre côté.

Une agonie primitive hurla de quelque part au fond de Dan. Il atteignait le bateau, mais voyait Karl s'éloigner, et une frustration impuissante traversa ses tripes. Il était si proche, et si proche de l'épuisement de ses forces. Et s'ils avaient épuisé toute leur chance dans l'effondrement ? Et s'il ne pouvait pas s'en sortir ? Et s'il devait survivre et vivre sans Karl pour le reste de sa vie ?

Dan capta le cri de Karl, et la glace qui se refermait sur lui se brisa. La détermination et le besoin brut le plongèrent à nouveau dans les vagues. Tout son être brûlait de fatigue, mais il puisa dans des réserves qu'il ne connaissait pas et franchit la barrière de l'épuisement pour se lancer dans un mouvement de crawl dur et rapide. Il devait nager loin du bateau en mouvement et le dépasser afin de pouvoir revenir de l'autre côté.

Il s'approcha, tranchant l'eau au niveau de la surface sans créer d'éclaboussures. Puis il se positionna au plus serré et manœuvra, utilisant ses mains comme de puissantes pagaies et ses jambes comme des gouvernails. Karl lui tournait le dos alors qu'il se battait avec Axe, qui semblait avoir le dessus. Le cœur de Dan se serra lorsqu'il vit son frère, et il faillit se trahir avec un cri de colère et d'incrédulité.

Axe était manifestement un meilleur nageur que Karl. Dan devait l'arrêter et aider son collègue – peut-être même le défendre – mais, au moins, le pistolet n'était plus un facteur.

Il plongea sous l'eau et nagea vers eux. Il fonça dans l'abdomen d'Axe, donna des coups de pied avec tout ce qu'il avait, et il sut que cela fonctionnait lorsque son frère s'agita et saisit ses épaules. Dan enroula un bras autour du cou d'Axe et utilisa son poids plus important pour les faire rouler dans une sorte de saut périlleux, emmêlés. Ils refirent surface, et il repoussa Axe.

Il étendit ses bras et ses mains et essaya de se redresser sur l'eau du mieux qu'il le pouvait, en cherchant Axe au-delà de l'ondulation des bulles qu'ils avaient créées dans l'eau. Karl appela, mais Dan l'ignora. Il n'avait que l'énergie pour s'occuper d'Axe, et il espéra que Karl pourrait rester à flot jusqu'à ce qu'il le fasse.

Des éclaboussures dans sa périphérie l'alertèrent de l'arrivée de son frère derrière lui et à sa gauche. Il donna un coup de pied pour virer à temps pour qu'un haut jet d'eau le gifle. Dan laissa faire – il avait joué à ce jeu avec Axe tellement de fois en grandissant qu'il savait ce que celui-ci ferait ensuite – puis il se mit à plat et coula.

Les coups de pied d'Axe étaient discernables à partir du mouvement des vagues, et Dan nagea pour échapper aux recherches de son frère. Il ouvrit les yeux – ignorant la brûlure et la piqûre – et obtint une ouverture sur Axe. Il se mit en boule et prit de la vitesse avec plusieurs coups de pied en ciseaux. Il surgit et poussa Axe vers le haut et loin alors qu'il faisait surface.

Il tourna et regarda Karl qui faisait du surplace et était toujours là, toujours bien. Quelque chose de sombre et de huileux faisait un contraste sur le front et la joue de l'homme, et cela fit tilt dans l'esprit de Dan – du sang. Sa gorge se serra, et il ne put plus respirer pendant un instant. Mais il n'eut pas le temps de se laisser aller à l'inquiétude. Il se redressa et regarda son frère crachoter. Puis il le saisit par les épaules.

Axe se jeta en avant et ramena ses deux poings sur ses avant-bras. Dan resserra sa prise lorsque Axe leva à nouveau les bras.

— C'est moi. C'est Dan. Arrête ça !

L'eau inonda sa bouche. Il la cracha et cria à nouveau le nom de son frère.

Axe s'arrêta, puis se redressa. Il cligna des yeux, puis les écarquilla avant de se concentrer.

— Dan ?

D'innombrables émotions fugaces traversèrent son expression, se terminant par le remords, puis la colère, la durcissant. Il repoussa Dan.

— Tu n'aurais pas dû venir jusqu'ici. Tu n'aurais pas dû t'impliquer.

— Bien sûr que je me suis impliqué. Tu es mon frère. Qu'est-ce que j'étais censé faire d'autre ?

— Reste à l'écart et ne fous pas tout en l'air pour moi.

Dan recula. Il haleta, fixant l'expression de rage vicieuse d'Axe.

— Aide-moi…

Le rire méchant d'Axe interrompit sa question, mais Dan demanda simplement à nouveau.

— Aide-moi à mettre Karl dans le bateau. Si tu ne fais rien d'autre, fais ça. Je ne peux pas le faire monter tout seul. Et puis tu peux faire ce que tu veux – nager loin, mener ce bateau quelque part et disparaître, je m'en moque. Aide-moi juste avec lui. S'il te plaît.

Axe nagea près de Dan et le fixa, mais ses yeux erraient partout.

Dan ne cacha pas sa peur ou le besoin de Karl qui faisait rage en lui plus puissamment que la tempête qui menaçait de les emporter tous.

— Alors c'est ça ? dit Axe en jetant un coup d'œil à Karl. Il est blessé. Va le chercher.

Dan n'était pas sûr des intentions de son frère, mais il ne pouvait pas se diviser, et il se moquait qu'Axe s'échappe. Il devait aller chercher Karl.

Le courant et la houle voulaient le pousser dans le mauvais sens, mais il se battit contre eux et nagea en dessous aussi longtemps qu'il le pouvait. Il se glissa derrière Karl, le fit flotter et positionna son bras dans une prise sûre sous l'aisselle de celui-ci.

— Je suis là, dit-il en embrassant le front de son compagnon et essayant de faire en sorte qu'il croise son regard. Je te tiens.

Karl hocha la tête.

— Je vais t'étriper pour avoir fait ça, mais merde, je suis content de te voir.

Dan ne put s'empêcher de rire.

— Où est Axe ? Tu l'as trouvé ? Il a besoin d'aide ?

Que Karl demande cela dévasta Dan, le retourna et le fit tomber totalement amoureux de cet homme. Il haleta en passant outre quelque chose de trop profond pour être traité à cet instant-là et les fit nager vers le bateau.

— Je l'ai trouvé, mais nous devons te faire remonter à bord. Nous allons partir d'ici.

Karl lui donna un coup de coude et tourna dans l'eau pour nager à côté. Il grogna quand Dan commença à protester.

— Garde ta force pour faire passer mes os par-dessus la rambarde.

Dan accepta. Karl n'était pas aussi puissant que lui, mais il tenait le coup, et ils se dirigèrent vers la poupe. Ils y étaient presque lorsque le bateau se vautra dans un creux et pivota vers eux. Il bougeait comme s'il avait pris l'eau, chaque mouvement latéral plus lourd et plus fort que le précédent. Dan le regarda déraper et rebondir sur l'eau alors qu'il fonçait sur eux.

Le soulèvement le faisait basculer de sorte que le plat-bord s'approchait dangereusement de l'eau. Un autre comme cela, et il roulerait.

La poupe se dirigea vers eux lorsque le bateau sortit de l'eau. Dan se recroquevilla, nagea vers l'arrière et cria pour Karl, qui leva la tête lorsque le bateau redescendit en arc de cercle. Dan remua ses bras et ses jambes pour se retourner et attrapa Karl.

Tout ce qu'il obtint fut une poignée glissante de combinaison.

Dan se jeta sur le côté lorsque le bateau heurta l'eau. Cela l'aspira brièvement sous l'eau, et il remonta à la surface, presque paniqué, pour voir Axe remorquer Karl juste à l'écart du bateau qui vacillait sauvagement. Il se mit en position de nage et donna la chasse.

— Laisse-le partir !

Il cracha de l'eau et continua à nager.

— Laisse-le. Allez.

Axe continua à nager jusqu'à ce qu'il soit loin du bateau. Puis il se retourna, montrant la douce emprise qu'il avait sur Karl, et leva les yeux au ciel.

— Bien alors, prends-le, dit-il en secouant la tête et en transférant Karl dans les bras de Dan.

Dan étouffa de larmes momentanées en retrouvant l'étincelle du grand frère qui avait si bien pris soin de lui en grandissant, mais il savait qu'il ne devait pas y mettre d'espoir. Il demanda quand même à nouveau de l'aide.

— Axe, viens. Nage jusqu'au bateau avec moi.

— Je ne peux pas.

Dan serra ses lèvres afin qu'elles ne tremblent pas.

— Je t'en prie. Je ne sais pas ce qui s'est passé ni pourquoi, et je ne vais pas le demander. Tu n'as pas à expliquer quoi que ce soit, et je n'ai pas besoin de comprendre. Mais juste… s'il te plaît.

Axe sourit. Ce sourire était de travers, comme toujours, mais brisé et triste.

— Je ne peux pas, parce que je ne peux plus y aller.

Dan voulait argumenter, dire qu'Axe n'avait pas besoin de continuer à fuir, qu'ils trouveraient quelque chose. Axe le fit taire, et pendant un instant, il était à nouveau simplement la seule figure d'autorité et le seul gardien que Dan ait jamais eu dans sa vie.

— Je ne peux pas, parce que je n'y arriverai pas. Je ne suis pas capable de nager jusque-là et de me battre pour monter sur le bateau moi-même, sans parler de tirer son cul jusque-là, expliqua-t-il, son sourire plein de dérision à présent. Je portais une arme, et je l'ai pointée sur lui. Nous nous sommes battus, et je me suis tiré dans la jambe. Je le méritais, n'est-ce pas?

Ses yeux pâlirent et prirent un air lointain.

— Je le méritais.

Dan savait que son frère ne lui parlait pas. Il ne le voyait même pas. Puis Axe secoua la tête, nagea vers lui et prit son visage dans sa main. Son sourire se flétrit.

— J'ai toujours su que tu serais un meilleur nageur que moi à la fin. Mieux en tout, dit Axe en le serrant avant de le laisser partir. Tu gardes juste une bonne prise sur lui, mon frère. Tiens bon et ne te laisse pas aller.

Il regarda Karl et revint à Dan. Puis il hocha résolument la tête et montra le ciel.

— De plus, je pense que l'aide est en route.

Dan regarda dans la direction indiquée et vit un projecteur dans les nuages sombres de l'orage. Il connaissait ce mouvement et le bruit des rotors à peine audibles au-dessus de la mer et de la tempête, et il dut inspirer à travers une brusque montée de soulagement vertigineux.

Son frère avait disparu lorsqu'il se retourna pour le voir. Dan ne le chercha pas. Il savait que c'était inutile. Axe avait été perdu pour lui bien avant, mais il avait choisi le noble sacrifice lors de la dernière épreuve. Dan honorerait son frère et accepterait cela.

Il stabilisa Karl et le prépara à monter dans l'hélicoptère, en sécurité dans ses bras. Dan pouvait faire un signal et ils enverraient la ligne sans perdre de temps à vérifier ou à envoyer la nacelle. Il pouvait le faire. Il avait Karl et celui-ci était en sécurité. Cela donnait la force de dix hommes à Dan.

— Karl? Tu es avec moi?

Il était si froid que cela effrayait Dan, mais il ne le laissa pas paraître dans sa voix.

— Hé, gamin, dit Karl en souriant et couvrant la main de Dan avec la sienne. Comment se fait-il que tu sois encore si chaud? C'est bon.

Dan l'attira dans ses bras.

— Laisse-moi te réchauffer aussi, dit-il en embrassant les joues de Karl et s'accrochant à lui.

Il palma pour les garder au-dessus des vagues pendant qu'ils attendaient et raconta à Karl comment il avait grandi avec Axe. Il laissa

157

couler des mois de larmes refoulées pendant qu'il parlait, mais il ne faisait pas vraiment son deuil. Il n'avait plus rien à donner.

L'hélico repéra le bateau en premier, et Dan sortit la lampe de signalisation qu'il gardait dans la poche de bras de sa combinaison, et la projeta vers la grande baie ouverte. Il reçut rapidement un signal en retour, et l'hélicoptère plana au-dessus d'eux.

Dan fit un signe de la main, Trask leva le pouce et abaissa la ligne.

KARL toucha les points de suture à la racine de ses cheveux et grogna. Dan frappa sa main et il gronda, mais posa sa main.

— Ils démangent, dit-il, dangereusement proche de gémir.

La réponse de Dan fut de menotter le poignet de Karl avec une main et de le maintenir en place contre sa cuisse. Karl décida de ne pas discuter.

Gent lui avait dit qu'il devrait remercier tous les dieux que la balle ait creusé un sillon si court et si peu profond qu'il n'avait fallu que quelques points de suture. Ça, et tu sais, que la balle n'ait pas été deux centimètres plus bas. Karl était d'accord, mais il était surtout irrité par les points de suture.

— Tu vas vivre. Maintenant, laisse-les tranquilles.

Karl souffla pour le spectacle, et Dan réussit à rire un peu.

Cela n'était pas grand-chose, mais Karl aurait pu danser sur place en l'entendant. Il savait que son compagnon essayait de garder les choses légères, alors il le faisait aussi. Quelques heures seulement après avoir été secourus et chouchoutés par Gent, réchauffés, douchés et lustrés pour faire face à leurs révélations, ils étaient assis dans le bureau de Curtis attendant de se faire secouer pour tout ce qui s'était passé. Karl n'avait pas demandé comment Dan allait. Il laissait passer pour l'instant.

Il était aussi la seule personne à savoir que Dan avait perdu un frère ce jour-là. Porter cela était un fardeau précieux, et il s'efforçait de le respecter. Mais, il restait proche, gardait un contact physique, et ne quittait pas Dan des yeux. Ce dernier ne semblait pas s'en soucier.

— Je n'arrive pas à croire que tu m'as sauvé, petit con.

— Oh, j'étais censé te laisser te noyer? dit Dan en le regardant. Je suppose que je me suis fait une fausse idée de la situation.

— Non. Tu étais censé me laisser te sauver avant même que tu n'arrives là-bas.

— Tu l'as fait, affirma le jeune homme en serrant le poignet de Karl.

— Oh.

Karl cligna des yeux, le souffle coupé.

Il ne put trouver une meilleure réponse avant que Curtis n'entre, grave, et les sourcils froncés, mais au soulagement de Karl, pas vraiment furieux. De leur côté, il y avait un bateau plein de drogues et le fait que Grady avait été arrêté avec les autres grâce au tuyau de Dan. Et ils n'étaient pas morts ou n'avaient pas enfreint la loi, même s'il était sûr que Curtis leur rappellerait toutes les façons dont ils l'avaient contournée.

— Il me semble qu'il y a beaucoup de choses que vous ne m'avez pas dites et que vous auriez dû.

Curtis se tenait debout, les mains sur les hanches, et fixait la vue sur les montagnes par la fenêtre. Il secoua la tête et se retourna lentement.

— Par où voulez-vous commencer dans tout ça, bande de rigolos ?

Karl haussa les épaules à Dan, qui haussa les siennes en réponse.

Curtis soupira et s'assit. Il ouvrit le tiroir du bas de son classeur et jeta un sac de chocolats assortis sur son bureau. Puis il leva un sourcil impérieux.

— Farnsworth ?

Dan mordilla sa lèvre, et Karl attendit qu'il tripote quelque chose. Il était prêt à hurler tout ce qu'il fallait pour lui donner du temps ou même pour détourner l'attention jusqu'à ce que Dan soit prêt à parler. Il était prêt à gagner du temps pour le reste de l'éternité si c'était ce dont Dan avait besoin.

Mais après un moment, Dan se pencha en avant, prit des chocolats et se redressa. Il en tendit deux à Karl, qui sentit son cœur sauter un battement de soulagement.

Il était rempli de fierté et d'inquiétude et de sentiments plus profonds et plus complexes qu'il n'avait pas encore définis.

Dan semblait voir tout cela, et il sourit.

— Je m'en occupe.

Il détourna son regard de Karl et croisa le regard de Curtis qui attendait.

— Oui, je vais commencer.

CHAPITRE DOUZE

KARL fronça le nez et enfouit son visage dans l'oreiller. Son oreiller chaud, solide, qui montait et descendait régulièrement. Un coussin torride, ferme et qui montait avec régularité était attaché au doigt de Dan qui traçait doucement sa bouche.

— Arrête ça.

Sa voix sortit craquante et satisfaite, sapant efficacement sa tentative de paraître ennuyé.

Il n'était pas le moins du monde ennuyé. Il était ébloui et débordait de satisfaction. Dan était en sécurité, entier, et dans son lit, dans sa cabane. Karl inspira et savoura l'odeur de son compagnon, de la peur de la nuit passée et de leurs peaux.

Dan souffla un petit rire et l'attira dans un baiser. En réponse, Karl soupira et emmêla ses mains dans les cheveux de Dan. Il se délectait du goût chaleureux du jeune homme, de la lumière du soleil de midi qui se déversait sur le lit, et de la chaleur du corps de Dan dont il pressait chaque centimètre contre lui.

Dan palpa ses fesses d'une main et effleura son mamelon de l'autre. Des tremblements de plaisir le parcoururent.

— Merde, marmonna-t-il, puis il poussa Dan vers le bas.

Il attrapa le menton de Dan et le pencha en arrière pour obtenir un angle plus dur et approfondir le baiser.

Celui-ci gémit en cédant, et Karl aimait cela encore plus.

Il s'éloigna et erra pour embrasser ici, là, partout, et finalement, il lécha le battement rapide du pouls de Dan dans le creux de sa clavicule.

Le souffle de Dan se bloqua, et il enroula ses bras autour de Karl et le serra contre lui. Karl ralentit son rythme et céda à l'envie de son amant de s'accrocher à lui, effleurant ses flancs avec ses mains de haut en bas alors qu'il mordait un suçon doux sur son cou. Il recula afin d'admirer son travail manuel, et Dan lui sourit, son regard clair et serein.

160

Ils se reposèrent l'un en face de l'autre.

— Je pensais que Curtis ferait bien pire, dit Dan en glissant le bout d'un doigt de-ci de-là sur la peau de Karl.

C'était un besoin tactile nouveau et différent. Le jeune garde-côte semblait incapable de s'empêcher de toucher Karl pendant longtemps, et ce dernier n'allait certainement pas objecter.

— Eh, dit-il en haussant les épaules comme s'il savait depuis le début qu'ils s'en sortiraient relativement facilement. Curtis est dur et attend le meilleur, mais il n'est pas pointilleux au point d'abuser ou d'être irrationnel. Si nous avions laissé traîner les choses plus longtemps, si Axe s'était enfui avec la drogue ou avait fait du mal à quelqu'un, je pense que nous aurions été dans le pétrin. Mais tel que c'est, il a compris.

— Oui, il a compris et a menacé nos carrières, dit Dan en dessinant une spirale décroissante sur la montée de la hanche de Karl. Mais il a simplement menacé pour que je le prenne comme si nous avions été pris en excès de vitesse, mais il nous a laissé partir avec un avertissement à condition que nous ne recommencions pas.

— Et vu que nous n'aurons aucune raison de le faire. Je dirais que nous sommes bons.

La voix de Karl grinça lorsque le léger contact de Dan effleura son sexe.

Le jeune homme rit. Il poussa sur sa paume et déposa tendrement de doux baisers sur les points de suture de Karl.

— Est-ce que ça va ?

— Bien, répondit Karl en résistant à l'envie de les gratter.

Dan arqua un sourcil, et Karl se permit d'effleurer la longueur soyeuse de l'un d'eux avec son pouce. Il avait envie de faire cela depuis leur rencontre.

— Ce n'est pas une réponse toute faite – ça va vraiment bien – ils sont un peu serrés et démangent un peu, mais j'ai eu d'excellentes distractions à ce sujet.

— Oh, oui ?

— Oui. C'est essentiellement médicinal.

Dan sourit. Puis il se pencha et captura la bouche de Karl dans un autre baiser.

Karl rit. Il était excité et heureux, et il ne pouvait pas prétendre qu'il ne désirait pas Dan dans tous les sens du terme.

— Je voulais te dire que Ridge nous a invités chez lui.

— Qui est Ridge ?

Dan enfonça un de ses doigts dans son corps.

— Tu sais, mon bon ami qui nous a aidés. Avec sa technologie et tout.

— Pourquoi devrais-je le rencontrer ?

Karl détestait la jalousie qui s'insinuait en lui, mais elle se frayait tout de même un chemin.

— Parce que je l'aime bien. Et je n'ai pas eu beaucoup de bons amis dans la vie, alors il semble qu'ils devraient tous se connaître. Ça réglerait le problème si vous vous rencontriez.

Karl fronça les sourcils.

— Et je veux qu'il rencontre ma personne préférée, dit Dan en se redressant sur son coude. En plus, il est à Hawaii.

L'insidieux mouvement de jalousie et toutes les autres pensées désagréables s'évaporèrent. Karl ne se méfierait jamais de Dan, et il voulait vraiment rencontrer Ridge. Il avait simplement besoin d'un moment pour se ressaisir.

— Hawaii, tu dis ? dit Karl en attirant Dan pour un baiser. Je pense que je pourrais être persuadé.

— Je suis aussi excellent pour persuader que pour distraire.

— Eh bien, alors. Marché conclu, dit Karl en ouvrant ses bras, et Dan se blottit dedans.

— Alors, nous allons le dire à quelqu'un ? De ça, de nous, je veux dire ?

Dan avait repris son dessin du bout des doigts. Karl savait donc qu'il n'était pas anxieux à ce sujet.

— Bien sûr. Je ne vais pas le cacher, mais je n'ai pas besoin d'une fête. Après avoir rencontré Ridge, tu pourras rencontrer mes parents – euh, en Floride – mais ensuite il y a Katmai, qui est génial.

Dan attrapa sa main et la serra, alors Karl pensa qu'il s'en sortait bien.

— De la façon dont je le vois, ils le sauront, parce que ce n'est pas comme si j'allais agir différemment juste parce que nous sommes au poste. Je ne vais pas être capable de ne pas te toucher ou de ne pas m'inquiéter pour toi ou quoi que ce soit. Et nous ne contournons pas de règles, donc tout va bien.

Karl fit une pause et se demanda si c'était ce que Dan voulait ou souhaitait entendre.

— D'accord ?

Il sentit le sourire de Dan contre sa peau.

— Tout à fait d'accord. Très bien.

— OK. Bien.

Dan ralentit son dessin et le transforma en tapotements hésitants.

Karl prit une profonde inspiration et attendit que Dan révèle sa soudaine inquiétude. Il fut rassuré lorsque cela ne prit pas longtemps.

— Et quand nous ne sommes pas à la station ?

— Que veux-tu dire ?

— Eh bien, c'est juste… c'est vraiment bien ici, et je me disais justement que j'aurais un endroit exactement comme celui-ci, avec une vue sur l'océan et tout, si je ne vivais pas à la station.

— Ah, s'exclama Karl en attrapant la main de Dan et levant ces doigts occupés et inquiets jusqu'à ses lèvres, les embrassant un par un. Si nous restons ici quand nous ne sommes pas à la station, tu devras participer aux tâches ménagères, mais je pense que je peux te supporter.

Dan se releva pour voir son expression.

— Vraiment ?

— Bien sûr, vraiment, répondit Karl, fronçant les sourcils devant l'incrédulité de Dan. Pourquoi ?

— Je ne m'attendais pas à ce que ce soit aussi facile. Mais je suis content que ça l'ait été.

Dan lui sourit, et la lumière qui dansait dans ses yeux correspondait à la lumière qui brûlait en Karl. Son cœur était prêt à exploser. Il prit la joue de Dan et les rapprocha afin que leurs fronts se touchent.

— Pourquoi rendre les choses difficiles quand c'est exactement ce que je veux ? De plus, je peux garder un bon œil sur toi de cette façon. Et te faire couper du bois de chauffage.

— Je vais être un champion de la coupe de bois.

— Je sais, dit Karl en se délectant du confort paresseux d'être avec Dan, mais sa dernière question le dérangeait.

— Tu veux rester ici ?

Il pensait que c'était évident, mais il devait être sûr.

— Euh – cette jolie maison, vue sur l'océan, grande cheminée ? Il y a d'autres choses ici que j'aime aussi.

— Pas la cabane, dit Karl en resserrant ses bras. L'Alaska. Grand, inhospitalier, traître, isolé…

— Magnifique, enrichissant, stimulant – tu es ici, et ça suffirait, mais j'aime aussi les sensations fortes et le paysage et tout, et la station et tout le monde est super génial, donc est-ce que je veux rester aussi en Alaska ?

répondit Dan en arquant de nouveau un sourcil, et Karl dut le caresser. Oui, je suis prêt à rester.

— Voyons ce que tu diras après le sixième mois d'un mauvais hiver.

Le cœur de Karl s'emballait, mais il gardait un ton sec.

— Je dirai : jette une autre bûche sur le feu et reviens te coucher, dit Dan en embrassant le front de Karl, le bout de son nez et, trop rapidement, ses lèvres.

Karl rit et ramena Dan contre lui.

— Tu t'es naturalisé beaucoup plus vite que la plupart des gens. Tu es pratiquement né dans le pays.

— J'ai eu un bon mentor – le meilleur.

Dan resta dans ses bras pendant une minute, puis il recommença à l'embrasser et à tracer des motifs sur lui, et cette attention minutieuse et langoureuse plongea Karl dans un léger sommeil. Il se réveilla avec Dan lové contre sa poitrine.

Karl étira ses bras au-dessus de sa tête et laissa échapper un soupir de satisfaction.

— C'est gentil de la part de Curtis de nous laisser quelques jours de repos. Je suppose qu'il était soulagé que nous ayons survécu. En plus, nous avons stoppé la vente de méthamphétamine. Et la petite station a besoin de nous dans le coin. Tout ça a joué en notre faveur.

— Oui. Dommage que nous ne nous soyons pas reposés, dit Dan en le pinçant. Mais ta récupération n'est pas si mauvaise pour un vieil homme.

Karl grogna, se redressa brusquement et retourna Dan sous lui.

— Premièrement, ce n'est pas moi qui nous ai tenus éveillés toute la nuit en suppliant qu'on me baise à nouveau. Deuxièmement, la récupération ne fait même pas partie des R [6].

Dan baissa les yeux et écarta ses jambes d'une manière suggestive.

— Peu importe, dit-il.

— Peu importe que j'aie raison, tu veux dire. Il ne s'agit pas de relaxation de toute façon.

— Clairement, marmonna Dan, se léchant les lèvres lorsque Karl poussa son sexe durcissant contre sa cuisse.

---

6 Relaxation, Respiration, Ralentissement.

Leurs radios s'animèrent avant qu'ils ne soient allés trop loin. Karl laissa tomber sa tête sur la poitrine de Dan, gémit et se retourna afin d'attraper la sienne.

— *Radin ? Revenez au poste. Nous avons un sauvetage difficile à organiser qui va nécessiter tout le monde,* dit Jameson avant de faire une pause. *Vous savez où se trouve Worth ?*

Karl haussa un sourcil devant la pantomime ridicule de Dan, qui voulait se taire et s'éclipser.

— *Oui, j'ai une idée. Je vais le chercher. Reçu et nous serons là, ASAP.*

Il posa la radio et se retourna pour avoir un dernier baiser. Mais il ne vit que les fesses nues de Dan qui descendait les marches du loft pour rejoindre l'endroit où ils avaient laissé leurs vêtements.

— Alors, Radin ? Allez, bouge-toi, appela celui-ci.

Karl canalisait son excitation et son agacement dans le mouvement, et il pouvait voir que Dan faisait de même. L'excitation et le devoir surgirent en lui, et il était prêt. Il vivait pour cela, et avoir Dan à ses côtés ne faisait que compléter le tout. Ils s'examinèrent mutuellement et se sourirent, puis ils s'habillèrent et se rassemblèrent en tandem avec un objectif d'efficacité.

Karl attrapa les sandwichs qu'ils n'avaient pas mangés plus tôt – ils avaient utilisé le comptoir pour totalement autre chose – et Dan prit de l'eau.

Sa Jeep profita de l'occasion pour être pointilleuse, et il retira la clé.

— Allez, ma belle, chantonna-t-il, et il réessaya la séquence de démarrage. Le moteur démarra consciencieusement au deuxième essai, et il embrassa le volant, s'éloigna de la cabane et s'engagea dans l'allée. Il appuya sur l'accélérateur une fois qu'ils furent sur la route.

— Après cet appel, nous pourrons ramener une partie de tes affaires, dit Karl en bougeant et se concentrant sur la conduite.

Il voulait voir la réaction de Dan à ce plan, mais il ne serait pas capable de les garder sur la route et de le faire en même temps.

La main de Dan serrant sa cuisse et un silence heureux étaient une alternative acceptable.

La pluie commença à taper sur le pare-brise alors qu'ils contournaient le Northy, et elle redoubla d'intensité lorsqu'ils atteignirent la montée qui menait à la station.

— Merde.

Karl mit les essuie-glaces et balaya la région du regard. Il y avait des nuages sombres et bas au sud-ouest.

— Et un ciel vert cuivré à l'est, termina Dan, lisant dans l'esprit de son compagnon.

— Oui, dit-il en secouant la tête. Bon sang.

Karl coupa par la terre via des pistes herbeuses pleines d'ornières plutôt que de perdre du temps à faire le long chemin à travers Eider. Ils entrèrent dans la station, il recula dans la petite rampe, mangea son sandwich en quatre bouchées, et se prépara à courir dans le vent hurlant et la pluie glacée.

— Eh bien. Ça ne sera pas plus beau dehors. Bordel.

Dan renifla.

— Quoi ? Qu'est-ce qui te fait sourire ?

— C'est juste que tu es si respectueux des règles en tant que garde-côte, et tu es vraiment réfléchi et consciencieux, mais tu jures comme un marin, dit Dan, les yeux brillants. J'aime ça.

Karl avait une réplique sur le bout de la langue, mais le dernier mot le déstabilisa.

Dan utilisa sa consternation à son avantage et l'attira dans un baiser rapide et dur.

— Un peu comme tout le reste.

— Personne ne m'a jamais qualifié de consciencieux avant, sauf peut-être lors d'une évaluation de performance, dit Karl en déglutissant.

— Eh bien, tu l'es. Et ta performance est incroyable, dit Dan en réussissant à paraître cru et sincère à la fois.

— Oui, en fait. C'est vrai. Je le suis.

Karl ne pouvait pas le contester – s'occuper des autres faisait partie intégrante de qui il était et pourquoi il était si bon dans ce travail. Il émit un son bref et réfléchi, et apprécia le fait que ce soit là, dans sa Jeep pourrie, à l'extérieur de l'endroit où il pensait avoir trouvé sa vocation et avec les gens qu'il aimait le plus dans la vie, au milieu d'un coup de vent, qu'ils se déclaraient.

— Je t'aime aussi.

Dan écarquilla les yeux. Ses mains se crispèrent sur les épaules de Karl, et ses pupilles explosèrent, puis se contractèrent en des points fins et intenses. Puis son expression s'adoucit, il déposa un doux baiser sur la bouche de Karl et se recula.

Le tonnerre secoua le monde, et les éclairs les recouvrirent d'une étrange lumière jaune et bleue.

— Hé, gamin. Tu es prêt ?

Dan sourit, ouvrit la portière et brava l'orage. Il fit le tour de la Jeep et tendit la main. Karl la prit, et ensemble, ils affrontèrent la pluie – froide, perçante, parfaite – et coururent à l'intérieur.

ELLE BROWNLEE a toujours suivi son esprit créatif et aventureux.

Enfant, elle aimait les westerns et faire de longues randonnées. Durant ces explorations, elle confectionnait des mondes miniatures avec de la mousse et des pierres tout en imaginant des histoires sur tout ce qui s'y passait. Cela incluait souvent de superbes héros cowboys. Peu de choses ont changé à l'âge adulte. Elle aime toujours les westerns, les longues randonnées et laisser son imagination vagabonder. Elle aime aussi passer du temps avec sa famille et ses amis, soutenir son équipe de base-ball préférée, les jours pluvieux en automne et une tasse parfaite de thé (noir, infusé très longtemps, avec du lait – s'il vous plaît!).

Ses romances mettent en scène des personnages imparfaits, mais attachants, dans des décors immersifs, racontés avec esprit, tendresse et une légère note de sarcasme. Bien qu'elle soit cynique à bien des égards, elle croit que l'amour peut tout conquérir. Chaque histoire est un peu coquine, très charmante et se termine toujours par « tout est bien qui finit bien ».

Elle vit actuellement à New York, où elle entretient ses mondes miniatures avec des terrariums et l'écriture. Elle est très heureuse de pouvoir partager son travail avec un public de plus en plus nombreux, et elle est particulièrement reconnaissante de vous avoir comme lecteurs.

Site Web : www.ellebrownlee.com/index.html
Facebook : www.facebook.com/elle.brownlee
Twitter : twitter.com/ellebrownlee
E-mail : brownlee.elle@gmail.com

Par ELLE BROWNLEE

DREAMSPUN DESIRES
Un pass pour deux
Staggered Cove

Publié par **DREAMSPINNER PRESS**
www.dreamspinnerpress.com

UN PASS
POUR DEUX

Elle Brownlee

Des vacances de conte de fées –
s'il peut en réussir la fin.

Par Elle Brownlee

DREAMSPUN DESIRES
Un pass pour deux
Staggered Cove

Publié par **DREAMSPINNER PRESS**
www.dreamspinnerpress.com

DREAMSPUN
DESIRES

UN PASS
POUR DEUX

Elle Brownlee

Des vacances de conte de fées –
s'il peut en réussir la fin.

Des vacances de conte de fées – s'il peut en réussir la fin.

Finch Mason, infirmier américain, sort du confort de sa vie ordonnée et s'offre un voyage de rêve en Angleterre, avec un pass du National Trust pour visiter de nombreux sites historiques. Au premier sur sa liste, il est chaleureusement accueilli – et informé qu'il a acheté un pass pour deux personnes.

Finch n'hésite pas à l'offrir à Benedict, un beau Britannique également présent lors de cette visite. Ils passent une semaine magique à visiter la campagne, et même s'il est trop tôt pour s'attacher, Finch souhaite que leurs moments ensemble ne s'arrêtent jamais.

Puis il se retrouve coincé sans argent et il n'a personne vers qui se tourner à part Benedict. Celui-ci est heureux d'aider, mais il doit aussi des réponses à Finch – comme qui il est vraiment et pourquoi il se trouvait au domaine où ils se sont rencontrés.

www.dreamspinner-fr.com

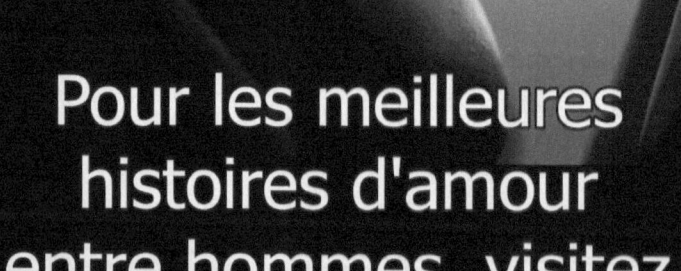